Déjà parus :

Dans la série des « Contes fantastiques d'Arvillard » :

- Entre Montlovet et Mont-Pezard : Ed. BVVG
- La Saga des TAguet : Ed. Gap-Editions
- Le Fantôme du Bâtrô : Ed. Gap-Editions
- La Java des Rojon : Ed. Gap-Editions

Série Jean-Sébastien

- La vie extraordinaire de Jean-Sébastien (T : I)

En collaboration avec Roger Viret, aux éditions,
La Fontaine de Siloé :

- Joseph Béard, médecin des pauvres, poète patoisant
  chansonnier savoyard

Articles à consulter sur le site : Langue Savoyarde .com :

- Le Francoprovençal n'est pas l'Arpitan
- Pourquoi écrire en Francoprovençal ?
- Voyage en Francoprovençalie avec
  Joseph Béard et Amélie Gex
- Une écriture supradialectale ou la graphie de Conflans
- Précis d'histoire de la langue savoyarde
- La langue savoyarde n'existe pas
- Le francoprovençal, une langue entre deux langues
- Le francoprovençal ou « la langue d'Ouè »

pierre.grasset@free.fr

Pierre Grasset

La vie extraordinaire de Jean-Sébastien

Tome 2 : L'aventure en bandoulière

Editeur : Institut de la Langue Savoyarde

SOMMAIRE

Préfassa

Noushra linga l'é na manifèstachon de l'idintitâ kulturèla d'la Savwé. I fé preu de ziotâ lò non de kâro pè s'aparsêvre k'in Savwé, nò vivin din z-on mondo d'linga roman-na ke s'agreupe pâ ou « lingue d'ok », ni ou « lingue d'o-il », mé ou « lingue d'wê ». Y é pwé a sta famelye ke lo « savoyâ » fé partchà, mé lyé son kâzi tò l'tin oubliyâ kan parlon de lingue. Portan sta linga é fran ankrâ a noushro payi de Savwé.

La linga ke nò prèzhin défourni noushron rgâ dsu lo mondo, noushra fasson de pinsâ é de mouzâ, èl fassone noushron étâ d'èsperi, noushra fasson de raji ou difèrin z-évènmin é a konyé-tre noushron invironamin, de vè kârkerin ke d'ôtro parlan pèrsê-vron pâ. Sta linga i pè kâkerin kan vèyon lò modo de rèznâ, d'arkontâ, d'argumintâ pè blagâ, pèr èsplyikâ, pèr inrôshé, pè plére… kmin lo provon bin lè z-éspressyon, livro e shanson.
La lingua é na manifèstachon de l'idintitâ kulturèla, é teu lò par-lan pourton in leû lò z-élèmin ke vèyon é ke vèyon pâ de yena kultura ke nòz é bèlyà.

É bin portan, din na Franse toplin de lingue, tota ôtra linga ke lo fransé sàr on parlamin mâlinboushà pwé bon a abouli, d'apré so détrakteu, kmin l'Âbé Grégwâ ou bin lo Ministro Zhulo Fèrri. Y ére utilo é mémamin indispinsâblo ke teu lò Fransé sachon bin yena méma linga. Mé intèrdire lè z-ôtre lingue, btâ dfou bruska-min de l'ikoula lò parlamin de mânre, y ére kopâ lè prôpre rasne de bin dè Fransé. Shin y vnive a dmandâ d'arnonché d'éshre sè-mémo, de fâre kmin sé nò z-érion kârkon d'ôtro. Y a pwin de

Préface

Notre langue est une manifestation de l'identité culturelle de la Savoie. Il suffit d'observer la toponymie pour s'apercevoir qu'en Savoie, nous vivons dans un monde de langue romane qui ne s'attache pas aux « langues d'oc », ni aux « langues d'oïl », mais aux « langues d'ouè ». Ce dernier groupe de langues, auquel le « savoyard » appartient, est un grand oublié de l'histoire des langues, mais pourtant profondément et tellement ancré à nos pays de Savoie.

La langue que nous parlons définit notre regard sur le monde, notre façon de penser, elle façonne notre état d'esprit, notre façon de réagir aux différents événements et à appréhender notre environnement, de voir des détails que d'autres locuteurs ne perçoivent pas. Cette langue influence les manières de raisonner, de raconter, d'argumenter pour blaguer, pour expliquer, pour persuader, pour séduire… comme les expressions, livres et chansons en témoignent. La langue est une manifestation de l'identité culturelle, et tous les locuteurs portent en eux les éléments visibles et invisibles d'une culture donnée.

Et pourtant, dans une France multilingue, toute autre langue que le Français serait un langage grossier bon à abolir, selon ses détracteurs, tels l'Abbé Grégoire ou le Ministre Jules Ferry. Il était utile et même indispensable que tous les Français sachent une même langue. Mais interdire les autres langues, exclure brutalement de l'école les parlers maternels, c'était couper les propres racines de bien des Français. Cela revenait à demander de renoncer d'être soi-même, de faire comme si on était

dôto pè dire ke shin a étâ na sorsa d'apouvrismin pè na nachon ke l'orijinalitâ ére fran d'éshre multilinga.

Trouvon pwé groû a dire dou nan-insènyamin de na linga kan konprennon pâ shin ke voulon dire lò non de kâro, lò non d'familye é l'univê de syeu ke prèzhion sta linga, bin dè konyèssinse sinblon adon sè pèdre, dinse lo lin intimo avwé la natura, lè bétche et lè plante … in rimplachin bin toplan noushra konsèpchon d'la vyà pèr na konsèpchon d'la veula é pwé tèknokrata.

Ikrire in savoyâ s'inskri pâ din na démârshe folklorika, mé din z-on ingazhmin kulturèl pèr prézarvâ ses rasne. Pyéro Grassè mérite adon à kou noushra admirachon é noushra rekonyèssinsa. In utilizin son parlâ savoyâ d'Arvlâ, Pyéro Grassè dèmontre ke nò pozin bin fâre dèz ouvre litèrére in « lingua d'wê », mémamin ke la linga de Molêre, de Dante é de Sèrvantès.

Pindan sleu darêre dèssénie, on mwé de zhwéno de Savwé se son de mé intèrèchà ou « patwé » pè redékeuvri on élèmin bâzi inportan de leûr idintitâ. Sto rteur ou sorse satisfé pwé l'Institu d'la Linga Savoyârda (ILS) ke partissipe notamin a éditâ dè livro din la linga dou payi é ke travalye pèr ke lo Savoyâ pouchéze vni na vèrètâbla linga de kultura èyin pwé sa plasse din na Savwé bilinga. Lo savoyâ in fourni pâ d'éshre promé a na fin tota prôsha, mé lò parlan son pwé lwin d'avè di leu daryé mô é ke s'n avni rèste pwé ouvèr! Bnà lèktura a teu é a tote.

Arnô Frasse
Prézidin de l'Institu d'la Linga Savoyârda.
Mimbre de l'Akadémiye de Moryéna.

quelqu'un d'autre. Ce fut cela sans aucun doute, pour une nation dont l'originalité était d'être multilingue, une source d'appauvrissement.

On voit surtout l'inconvénient du non-enseignement d'une langue. En ne comprenant pas la signification des toponymes, des patronymes et l'univers de ceux qui parlent cette langue, beaucoup de connaissances semblent alors se perdre, ainsi le lien intime avec la nature, la faune et la flore… en remplaçant doucement notre conception de la vie par une conception urbaine et technocrate.

Ecrire en savoyard ne s'inscrit pas dans une démarche folklorique, mais dans un engagement culturel pour préserver ses racines. Pierre Grasset mérite alors tout à la fois notre admiration et notre reconnaissance. En utilisant son parler savoyard d'Arvillard, Pierre Grasset démontre qu'on peut bien produire des œuvres littéraires en « langue d'ouè », au même titre que la langue de Molière, de Dante et de Cervantès.

Au cours de ces dernières décennies, de nombreux jeunes savoyards se sont à nouveau intéressés au « patois » pour redécouvrir un élément basique important de leur identité. Ce retour aux sources satisfait l'Institut de la Langue Savoyarde (ILS) qui participe notamment à éditer des livres dans la langue du pays et qui œuvre pour que le Savoyard puisse devenir une véritable langue de culture ayant sa place dans une Savoie bilingue. Le savoyard n'en finit pas d'être promis à une fin prochaine, mais les locuteurs sont loin d'avoir dit leur dernier mot et que son avenir reste ouvert! Bonne lecture à tous et à toutes.

Arnaud Frasse
Président de l'Institut de la Langue Savoyarde
Membre de l'Académie de Maurienne

- Si tu deviens contremaître, t'es perdu pour la braconne !
rugit Polidor.

- A moins de « braconner » autrement ! Répondit Jean.

1) L'élèkchon d'Alanion

D'étin cheû k'alâve shanvi p'on-na patarâ. Mé ka, on-n'amouélâ politika sin patarâ, é pâ on-na vréte amouélâ politika.
On é dyin le fèvré de 1936. Lou zheu son keur. I fé fra é avoué la na zhalâ ke trane dyin le sharire é pâ tan éjè pe modâ. Erozamin, l'aoula Cesan é slamin a l'intrâ du vlazhe de Ponts-harrâ. De kou ma de pouéche. De si on ptyou bokon in rtâ. E teu juste kminchè.
- « Brâve ami. De chi éro de pocha chaluyé itye le divèrche gombozante de la gôche ke chon la vyèrta de chô bayi, cha brochbérita é chon aveni... »
Hervé Alanion, teu krué, narvo, shveû pavre é sâ, bârba blinshe, troulyè dyin on abilyamin né, shapitôle avoué son shveû su la linga, l'aoula yo ke son teute le Gôshe et le Drate de Ponts-harrâ. Shveû k'a pâ inpashè chô anchin métre d'ékoula, « radikal-socialiste », rèstan a flan de Lancey, de dveni députâ de l'Izera, poué «ministre de l'intérieur».

Apré on lon prône du ministre, le pâre Jacquin é son vézin Folliasson ke s'inmèrdon, babélan a groussa voué, kâzmin tan grou ke lui.
- Chilenche lou vyu ! k'u lo kri.
Folliasson k'abobina chô « rad-soc», se léve yô u mintin de l'aoula :
- E ! Epoufa dfou la treuf ke t'â dyin le grouin !
- Ô ! Ch'é bâ bochible ! rebéke le ministre teut in batikou-lan.
De sintye k'i vire mâ !... La grinde aoula é bleussa. Slou k'an la bona fortouna son achètâ u mintin, louz ôtre son dra teu utueur. La fmyéra bluta dlou sigâ, dle pepe, de teute le sigarete,

14

1) L'élection d'Alanion

J'étais sûr que ça finirait en bagarre ! D'ailleurs, une réunion politique sans bagarre, c'est pas une réunion politique.

On est en février 1936. les journées sont courtes. Il fait froid et la neige croûtée qui stagne dans les rues ne facilite pas la circulation. Heureusemant la salle Cesan n'est qu'à l'entrée de Pontcharra. J'arrive en courant, je suis un peu en retard. C'est juste commencé.

- « Chers amis, che chuis heureux de pouvoir chaluer ichi les diverches gombosantes de la gauche qui chont la fierté de che pays, cha brosbérité et chon avenir... »

Hervé Alanion, petit, nerveux, cheveux poivre et sel, barbe blanche pointue, serré dans un costume noir, harangue, avec son cheveu sur la langue, la salle où sont rassemblées toutes les Gauches et les Droites de Pontcharra. Cheveu qui n'a pas empêché cet ancien instituteur radical-socialiste, habitant près de Lancey, de devenir député de l'Isère, puis ministre de l'intérieur.

Après un long prêche du ministre, le père Jacquin et son voisin Folliasson qui s'ennuient, palabrent à haute voix presque aussi fort que lui.

- Chilenche les vieux ! leur crie-t-il.

Folliasson qui déteste ce « rad-soc », se dresse au milieu de la salle :

- Hé ! Crache la patate que t'as dans la gueule !

- Oh ! Ch'est pas pochible ! réplique le ministre en gesticulant.

- Je sens que ça tourne mal !... La grande salle est comble. Les chanceux sont assis au milieu, les autres debout tout autour. La fumée bleue des cigares, des pipes, des ciga-

inpla kâzmin teu l'è, nèye la téta dlou dékapadyô, fé tessi teu le monde.

Matyè amozâ, matyè avoué do kâ d'éme, d'ékute chô ptyou eume si mâ inronblâ. Ma-tou k'i s'fé k'on blinshô ke mârke tan mâ, k'inshârme si pou, arvisse a inrôshé tan de zhin, a se fâre vôtâ, a shanvi ministre ?...

A kontre de ma; de pouéche pâ m'inpashé de mirâ sla bola de nè plana de vya, d'éme, k'é pe fo ke teute se défâye, ke sâ s'in charvi pe teu rossi pe lui é pe rindre sarviche a to sou paryé.

Son prône shanvi, Alanion bâlye la voué a slou dl'aoula. Du mintin du treupé, on-na voué kire :

- Fotyé dfou lou Reuzhe !

Remonyézon, brame, patrigô. Lou premyé kô rouyan. E la patarâ ! Lou « Blin » kontre lou « Reuzhe ». Lou «Komunistes, so cialistes, radicaux-socialistes, « rad-soc », kontre lou « Croix de feu »; le « Cagoule », lou « Parpayô » !

De rechave on kô in travè dle koute. E chô grin tepenô de Granger ! On ôtre kô dyin le rin. De m'i béte, ma avoué. Kô gôshe, kô dra, de fache le dsé-dlé... A flan de ma, mon konyâtu Polidor, l'anchin dla légyon, i vé dlou pouin, dlou kode, dla rgrola, kma pe l'akouémin. Iui, ul é ni gôshe ni drata, mé anâ é patarâ. D'on kô de man u plèye in do on grou sargan. D'on-na rvriyè, u mande bâ on dyâble reuzhe teu konfle.

L'aoula é on-na vréta lansh a fo. I férye de to lou flan ! On intin de «han» de boskayolo, de zheramin d'akè, de « salaud ! » d'éninsa.

Le ministre Alanion s'insôve defou a pana lou premyé so-bressô. D'abo de kô de seblè. De pourta-képi, kapa gangana a plon su le bré, batéran in man, routan dyin le bouéri-bouéro.

- Triyin-nze fou ! kire Polidor.

- Pe daryé ! ke dlyi dé-je..

On èskape lou darnyé kô, on se fé on shmin lé kontre le kozene. La pourta é sarâ. On kanbe la fnétra, on sote dyin la cora de daryé é on s'étuèye in travé lou korti.

rettes, remplit l'air, noie la tête des plus grands, fait tousser tout le monde.

Mi-amusé, mi-sérieux, j'écoute ce petit homme si mal embouché. Comment se fait-il qu'un candidat à l'apparence si ingrate, si dépourvue de charme, parvienne à mobiliser des électeurs, à se faire élire, à devenir ministre ?...

Malgré moi, je ne peux m'empêcher d'admirer cette boule de nerfs pleine de dynamisme, d'intelligence, qui surmonte ses défauts, les utilise même pour sa propre réussite et pour le service de ses semblables.

Son prône achevé, Alanion, donne la parole à la salle. Du milieu de la foule, une voix crie :

- Sortez-les Rouges !

Rumeurs, cris, invectives. Les premiers coups pleuvent. C'est l'empoignade ! Les « Blancs » contre les « Rouges ». Communistes, socialistes, radicaux-socialistes, « rad-soc », contre les « Croix de feu », les « Cagoule », les « Parpaillots ».

Je reçois un coup dans les côtes. C'est ce grand cornichon de Granger ! Un autre dans le dos. Je m'y mets moi aussi. Coup gauche, coup droit, je joue du piston... A côté de moi, mon copain Polidor, l'ancien légionnaire, y va des poings, des coudes, de la savate, comme à l'entraînement. Lui, il est ni gauche ni droite, mais anar et bagarre. D'un coup de poing, il plie en deux un gros excité. Un coup de patte en revers étend un diable rougeaud...

La salle est un champ de bataille. Ça cogne de partout ! On entend des « han ! » de bûcherons, des jurons de charretiers, des « salaud ! » haineux.

Le ministre quitte la salle dès les premières escarmouches. Des coups de sifflets. Des gendarmes à képis, cape plombée sur le bras, matraque en main, foncent dans la mêlée.

- Tirons-nous ! lance Polidor.
- Par derrière ! Lui dis-je.

On évite les derniers coups, on se fraye un chemin vers les cuisines. La porte est fermée. On enjambe la fenêtre, on saute dans l'arrière-cour et on file à travers les jardins.

- Ô, di don, brâva batoza, in ! Ke kire Polidor.

- Cheû !... D'in é brekâ kôkez-on ! ke de déje in me ratassan la man.

On se béte a la suéta to do u bo de la rota é on argâde la fin du pèstâkle dyin la nué. De brame, dez onbre van fou de l'ôtèl. Lou pourta-képi inbringandon lou darnyé batalyu.

D'abo lou bri s'aréton, le Imyére s'amourton.

Ma Polidor, d'âme le batoze, mé pâ le méme ke lui. De si pâ de slou ke fan le kô de man to lou dsandre a nué. Pâ de slou ke s'èskriman su on mâléro pe le plézi.

Ma, sin ke d'âme é la « batoza politika ! » ke se fé a lez élèkchon, avoué la linga pe se shamalyé, é avoué lou pouin, pe l'égalizachon !... Etulyé on « Blin » : ryin ke de boneu ! E mé k'on plézi, é on-na justissa pe la sosyétâ !

- Deman nué, te monte yô a la Shapéla ? dit Polidor.

- Bacheû ! De rèste à Vlâ-Bénè sta nué, teu justamin pe sin !

Le luindeman, yô a la Shapéla Blinshe, é le députâ Delachenal ke babéle. Grin, shveû é barba pavre é sâ, fgueura de pâtriyâble. E on « Blin ». Lou « Reuzhe » de Ponsharrâ son itye. Teu se trafike dyin le kâfé Zanète.

Ya on é teu infolâtâ, infemyératâ, aoula bleussa. La râtèra é konble; la pèrtuzola k'é yô, teu paryé. Lou «Blin » son in avan. E to de pagu, de zhin de la téra k'ékutan le Msi. Ya pa poué on moué d'ouvré, pâ yeuna fèna. Slamin la patrona du kâfé ke rinpla lou vare, pane le zingo. La politika é slamin pe louz eume, é louz eume u braman, poué u féryon. To sâvon sin ke vé se passâ. On moué atindyon slamin on-n'okajon !... E teurzheu.la méma chouza !

Delachenal se béte a zhapâ d'on-na voué ke lyi vin de Chô k'é lé-nô. Sa voué é d'abo avrepi pe slou ke torélon. U tâshe d'akyétâ l'aoula, batikoule ma on inkrouâ pe teu aplanâ le zhin; I fé ryin.

- Oh dis donc, belle bagarre, hein, s'exclame Polidor.

- Sûr !... J'en ai cassé quelques-uns, dis-je en me frottant la main.

On s'abrite tous deux au bord de la route et on contemple la fin du spectacle dans la nuit. Des cris, des ombres s'échappent de l'hôtel. La flicaille embarque les derniers combattants.

Bientôt le silence revient, les lumières s'éteignent.

Comme Polidor, j'aime les bagarres, mais pas les mêmes que lui ! Je ne suis pas de ceux qui font le coup de poing chaque samedi soir. Pas de ceux qui s'acharnent sur un malheureux pour le plaisir.

Moi, ce que j'aime, c'est la « bagarre politique », qui se pratique en périodes électorales, avec la langue pour la contradiction et avec les poings, pour l'égalisation !... Etaler un « Blanc » : que du bonheur ! C'est plus qu'un plaisir, c'est de la justice sociale !

- Demain soir, tu montes à la Chapelle ? dit Polidor.

- Bien sûr ! Je reste à Villard-Benoît ce soir, justement pour ça !

Le lendemain, à la Chapelle Blanche, c'est le député Delachenal qui parle. Grand, cheveux et barbe poivre et sel, figure de patriarche. C'est un « Blanc ». « Les Rouges » de Pontcharra sont là. Tout se passe dans le café Zanette.

Atmosphère surchauffée, enfumée, salle comble. Le rez-de-chaussée est plein, l'estrade du haut également. « Les Blancs » sont devant. Ce sont des paysans, des gens de la terre qui écoutent l'oracle. Il y a peu d'ouvriers, pas de femme. Seule la patronne du café remplit les verres, nettoie le zinc. La politique est une affaire d'hommes et les hommes, ils gueulent, puis ils cognent. Tous savent ce qui va se passer. Beaucoup n'attendent qu'une occasion !... C'est toujours la même chose !

Delachenal prend la parole d'un ton inspiré par le Très-Haut. Sa voix est bientôt couverte par des hurlements. Il tente de calmer la salle, fait des gestes hiératiques d'apaisement. Rien n'y fait.

Su la pèrtuzola, louz eume s'égruinton, s'akapon. Do batalyu agropâ insin, roulon dyin louz éshalyé, se bouron de kô su le planshi.

Du kô, to s'akapon insin. Possâ u bo de la pèrtuzola, le pâre Bérâ , batikoule pe dsu la baranye, péte bâ pe terre, rèste éklyâtrâ.

- On blèchè ! kire le patron.

La batoza é plakâ. On inpourte vyè le vyu eume.

- Plôta brekâ ! kire le vétérinére.

Delachenal s'étuèye d'on kô dyin son bregue. La radouna s'aréte.

Polidor é ma amâssin ntrouz afutyô, cambin ntrou vélô é arvi la sosyétâ ! .

- E damazhe, chô blèchè a teu fé vouaryé, shapitôle Polidor in partyan.

- Vouè ! De sé pâ ma i s'é passâ ! Ke de déje... Mé on-na plôta brekâ é pa trô mouvé !

Do zheu apré, ramouélâ a Ponsharrâ avoué Tixier Vignancourt, on parpayô de drata !

Ul a fé teuta sa banbalâda dyin on-n'akéte a shvô, avoué teuta sa klike a ézhavi. Ul a fé on tèrnaji k'é, para, son brezgô d'o !

Emoushé pe le medsin Fassy, u fé on-n'« amouélâ grin pèstâklye » : tèrnaji grin tablô, séle alnyè u bâ pe tèra, gârde al pourte de l'aoula, 10 francs p'intrâ : nyon son vnu pe son amouélâ ! :

U ma de mé, apré ke teu a éta shanvi, d'uvre lou zhornyô. In grou, de léje : «Alanion élu, yô la man» !

Ma-tou k'i se pou teu sin? De si bin kontin, mé d'in revenye pâ !

Pe le momin, le Gôshe, fan lou farè.

Vèlyè de gala, aoula Cesan. Vin, fyanfyourne, folanshri. Le Drate k'an pardu, vargonyoze, son pâ vnu itye. Adon pâ on-na batoza, slamin kôke abouijon dyin le sharire, dzeu le fnétre dlou kapô é dvan le pourte ke rèstan teute sarâ.

Sur l'estrade, les occupants s'interpellent, s'empoignent. Deux combattants agrippés l'un à l'autre roulent dans les escaliers, se lardent de coups sur le plancher.

Aussitôt, c'est l'empoignade générale. Poussé au bord de l'estrade, le père Bérard, bascule par-dessus la rambarde, tombe au parterre, reste sur le carreau.

- Un blessé ! crie le patron.

La bagarre s'apaise. On emporte le vieil homme.

- « Jambe cassée ! », crie le vétérinaire.

Delachenal s'éclipse dans sa calèche. La réunion s'achève.

Polidor et moi ramassons nos vêtements, enfourchons nos vélos et adieu la compagnie !.

- C'est dommage, ce blessé a tout gâché, lance Polidor en démarrant.

- Oui ! Je sais pas comment ça s'est passé ! Dis-je... Mais, une jambe cassée, c'est pas trop méchant !

Deux jours plus tard, séance à Pontcharra avec Tixier Vignancourt, un parpaillot de droite !

Il a fait toute sa campagne en roulotte à cheval pour sa propagande. Il a tourné un film qui est, paraît-il, une vraie merveille !.

Invité par le docteur Fassy, il fait une « réunion-grand-spectacle » : cinéma grand écran, chaises alignées au parterre, vigiles aux portes de la salle, 10 francs l'entrée... Personne à la séance !...

En mai, après les résultats, j'ouvre le journal. Gros titre : Alanion élu haut-la-main ! Comment est-ce possible ? Je suis content, mais je n'en reviens pas !

En attendant, les Gauches pavoisent.

Soirée de gala, salle Cesan. Vins, chansons, délires. Les Droites battues, honteuses, sont absentes. Donc pas de bagarre, seulement des provocations dans les rues, sous les fenêtres des vaincus et devant les portes qui restent closes.

2) « Dyan » de Vlâ-Béné

De m'étuèye pe rèstâ bâ dyin Vlâ-Béné.

U Mont-Olyé, de me sintye solè. A Vlâ-Béné, la mézon de mon gran Carraz é vouade. L'a on moué de demorinse, de korti, on vardyé. D'i sara ézyè, é poué, léché Mont-Olyé, i rvin a triyé fou de mon keu la brâva Mari-Zhnevyéve, shinzhé de pyô é revni « Dyan » ma dvan !

Dyin ma famelya, dyin mon vlazhe, a l'ékoula, nyon m'an jamé balyè du « Dyan-Séban ». E portan mon vré ptyou non   « Dyan-Séban » ! Koui-tou k'an pochu me balyé on ptyou non ma sin ? Mon pâre, de krèye, lui k'âmâve bin la mozeka. E sin ke m'a de ma mâre. Vouè, mé mon pâre de l'é jamé vyu !...

A la mézon, nyon étan poué fo de mozeka. Adon, « Dyan-Séban » s'é évani in poste de « Dyan ». Méme ma mâre, ma mâre ke m'âmâve é ke d'âme de teu mon keu, m'apèlâve ryin ke « Dyan ».

Vlâ-Béné me fé plézi. E on brâve pyou vlazhe, a do pâ de Pontsharrâ. La mézon du gran é u mintin du vlazhe, plasse St Blaise, juste a flan de l'églyiza avoué son klozhé ke d'âme byin. E teu vèr de to lou flan, de môle, de plane, d'ijô ke shantyon et de passon plin le rvyére !...

Le vlazhe é konsakrâ a Sin-Blaise. Pe koui ? D'i sé pâ. Ma mâre me djéve in rjan : « Kinta drôla d'idé, St Blaise ! Para k'éta on vyu folinguè pardu dyin le monta-nye ! Ma, pe Vlâ-Bènè, d'âme myu St Bènè

« U kevin de Sin-Béné,
On vé yin a do, on vé fou a tra !...»

22

2) « Jean » de Villard-Benoît

Je me décide à descendre habiter à Villard-Benoît.

Au Mont-Olier, je me sens isolé. A Villard-Benoît, la maison de mon grand-père Carraz est libre. Elle a des dépendances, des jardins, un verger. J'y serai à l'aise et puis, quitter Mont-Olier, c'est arracher de mon cœur la belle Marie-Geneviève, c'est changer de peau et redevenir « Jean » comme devant !...

Dans ma famille, dans le village, à l'école, personne ne m'a jamais appelé « Jean-Sébastien ». C'est pourtant mon vrai prénom. « Jean-Sébastien » ! Qui a pu me donner un tel prénom ? Mon père sans doute qui aimait beaucoup la musique. C'est ce que m'a dit ma mère. Oui, mais mon père, je ne l'ai jamais vu !...

A la maison, personne n'était fou de musique. Alors, « Jean-Sébastien » a disparu au profit de « Jean ». Même ma mère, ma mère qui m'aimait et que j'aime si tendrement, ne m'appelait que « Jean ».

Villard-Benoît me plaît. C'est un joli village, à deux pas de Pontcharra. La maison du grand-père est en plein centre, place St Blaise, juste à côté de l'église avec son clocher que j'aime bien. Il y a de la verdure tout autour, des vallons, des plaines, des oiseaux qui chantent et des poissons plein les rivières !...

Le village est consacré à Saint-Blaise. Par qui ? Je n'en sais rien. Ma mère me disait en riant ; « Quelle drôle d'idée, St Blaise ! Parait que c'était un vieux fou reclus dans les montagnes ! Moi, pour Villard-Benoît; je préfère St Benoît

« Au couvent de Saint-Benoît,
On entre deux, on sort trois !... »

D'é plu nyon de ma famelya, mâleu ! Ma mâre é mourta dapoué mé de doz an, mon gran me léche sla mézon de Vlâ-Bènè ke d'âme byin é yo ke d'é tan de bon mémorinse ! U me léche avoué sa scatôla de morayon. On-na vyéya scatôla sin koleu, avoué onna kourda mâyè pe la passâ a l'épala. Dedyin : on-na paleta, on-na taloshe, on marté, on nivô, on fi plonbâ, kôke klyou, dla possa... Sakré pâre Carraz, dire k'é avoué sin k'ul a fé sa vya !...

E poué, a Vlâ-Bènè, de si pa teu solè. Mou vézin son byinvènyan, d'ako pe to lou sarviche. D'é on moué d'ami. Pe mon avni, d'é d'invije teu plin la téta. In premyé, rabistokâ teuta la mézon dapoué le sarteu tan k'u poutan é rakapâ linga avoué le « Papeteries de France », yo ke de fachéve mon premyé metyé.

On byô zheu, a la sortyè, de kile ma shmiza blinshe, ma vèsta bèzhe, mon pintalon né é de môde a l'inkontre de mon anchin patron.

Le ptyou de Landry, dirèkteu in kapô, grin, sè, ma son pâre, é âmâ de teu le monde. Babelyu, sin fâre de gônye, ni chichi, ul é a flan de souz ouvré. Teurzheu ablyè d'on-na shmiza blinshe su lakinta dué grousse bretéle grije mantenyon on sinpitèrnèl pintalon in vèlou maron, u béte teu son monde a plan. Mé sou ju vi, se béte teurzheu juste, moutran la grind éme ke le fé tan rossi.

U me recha dyin son burô avoué on plézi égarguelyè.

- De si byin kontin de te var, mon garson !

U me fé achètâ.

- ... La kriza de vint-nou a pâ vrémin fé d'inbyâre pe lez afâre, k'u di. L'an flèyè on pou, poué lou kmindamin son rvenu. .. Tou ke te fume ? k'u me déminde in me branlan dvan le nâ on-na skatôle de « cigarillos ».

- Nè, gramassi, dé-je slamin.

- T'â rézon... Dyin l'uzene on a fôta de kortyon kma ta ! ... I fô dyin l'uzena invintâ, treuvâ kôkaryin de nouve, é t'é itye pe sin ! Portan, juste orè, ton poste é pâ vouade !... De sé pâ kma fâre !...

Je n'ai plus de famille, hélas ! Ma mère est morte depuis plus de deux ans, mon grand-père me laisse cette maison de Villard-Benoît que j'aime bien et où j'ai tant de bons souvenirs ! Il me laisse aussi sa boîte de maçon. Un vieille boîte sans couleur, avec une corde pour la suspendre à l'épaule. Dedans, une truelle, une taloche, un marteau, un niveau, un fil à plomb, quelques clous, de la poussière... Sacré père Carraz, dire que c'est avec ça qu'il a fait sa vie !...

Et puis, à Villard-Benoît, je ne suis pas isolé. Mes voisins sont conviviaux, prêts à tous les services. J'ai beaucoup d'amis. Quant à mon avenir, j'ai des projets plein la tête. D'abord, rénover la maison de la cave au grenier et reprendre langue avec les « Papeteries de France », où j'exerçais mon premier métier.

Un beau jour de printemps, j'enfile ma chemise blanche, ma veste beige, mon pantalon noir et je pars rencontrer mon ancien patron.

Le fils Landry, directeur en chef, grand, sec, comme son père, attire la sympathie. Volubile, sans manière, ni chichi, il est proche de ses ouvriers. Toujours vêtu d'une chemise blanche sur laquelle deux larges bretelles grises soutiennent un éternel pantalon de velours marron, il met tout le monde à l'aise. Mais, son œil vif, ses répliques judicieuses, révèlent la grande intelligence qui le fait si bien réussir.

Il m'accueille dans son bureau avec enthousiasme :
- Je suis bien content de te voir, mon garçon !...
Il me fait asseoir.
- ... La crise de vingt-neuf n'a pas vraiment touché le cours des affaires, dit-il. Un fléchissement simplement, puis les commandes sont revenues... Tu fumes ? demande-t-il en me tendant une boîte de « cigarillos ».
- Non, merci, dis-je simplement.
-T'as bien raison... A l'usine, on a besoin de quelqu'un comme toi !... Il faut inventer, innover et tu es là pour ça ! Cependant, en ce moment ton poste n'est pas libre !... Je ne sais pas comment faire !

De kruaje lou da. Landry s'abade, vire uteur de son burô, avoué on è de doz è. D'èspére k'u vé treuvâ on-na définichon !

- Y ârre bin on-na kamizola, i sarre on-na nominachon pe de koutyé, pâ pe de vré, juste pe te fâre prindre pachinsa, parka d'é pâ invyé ke te modisse shé l'ôtre !... Ka-tou ke t'in di ?

Pra de rakrô, de bredôlye :
- Bacheû !...D'âme myu rèstâ al Papeteries de France !

- Ekute, t'étya premyé konducteur kin t'é modâ vyè. De te rakape avoué lou tra kâ de ta pâye ! ... Pe le momin !... Te vé modâ var Platel, ou petou Dario, le kapo de la fabrikachon. Te lyi diré k'é ma ke de te mande é ke te vé betâ in ouvre la dojème bregue. Le da arvâ slou zheu é nyon sâvon ma l'é tortelyè... U sara fakya pâ poué bin kontin. Mé, si u rmolye, te me le mande !... Adon, on fé ma sin é dyin kôke tin, de te trouve on poste ke sara myu par ta.

De lyi fache on grou gramassi.
- E ryin, é ryin, k'u fé in brassan on-na man... On é dezhou... Vin delyon. D'âra shapitolâ Dario avan. Adon, arva mon garson !
De m'étuèye shé ma, a plan. Le tin é fré p'on ma de mé. On-na sezanta frade fé rvèshé le sonzhon dlou âbre é fé grevolâ slou ke môdon su le rote. De fache on-na bona gugâlye dyin ma shmenyâ é de m'aprèste on ptyou kâssa-kruéte.
De si vrémin éro dyin sla mézon. Le me fé sovnyanse de tan de bon momin, d'on moué de bardan-nâ kin d'étin éfan. Kin de si itye, teu seulè, de vivye dyin mon pâssâ kâzmin teut utan ke dyin mon prezin.
De revéye ma mâra, tan brâva dyin sa grinda rôba nara, avoué se dorore afrikâ alz oureuye parlingante, sou shveû klyâ, sa dolshèssa, se man dosse, é lou momin insharman yo ke m'akapâve poué kontre sa pètourina in m'apèlan : « Mon ptyou Dyan » !

Je croise les doigts. Landry se lève, fait le tour de son bureau, l'air songeur. J'espère qu'il va trouver une solution !

- Il y aurait bien un moyen, ce serait une nomination d'attente, pas définitive, juste pour te permettre de patienter, parce que j'ai pas envie que tu partes chez l'autre !... Qu'est-ce que t'en dis ?

Pris de court, je balbutie :

- Bien sûr !... Je préfère rester aux Papeteries de France !

- Ecoute, tu étais premier conducteur quand tu es parti. Je te reprends avec les trois quarts de ton salaire !... Pour le moment !... Tu vas aller voir Platel, ou plutôt Dario, le chef de fabrication. Tu lui dis que tu viens de ma part et que tu contrôles la mise en place de la deuxième machine. Elle doit arriver ces jours et personne ne sait comment elle se présente. Il ne sera peut-être pas très content. Mais s'il rouspète, tu me l'envoies !... Allez, on fait comme ça, et dans quelque temps, je te trouve un nouveau poste qui te conviendra mieux…

Je me confonds en remerciements.

- C'est rien, c'est rien, répète-t-il, en agitant une main… On est jeudi… Viens lundi. J'aurai parlé à Dario d'ici-là. Allez, au revoir mon garçon !

Je rentre chez moi rassuré. Le temps est frais pour un mois de mai. Une bise traîtresse rebrousse les cimes des arbres et fait grelotter les passants. Je fais un bon feu dans ma cheminée et me prépare un dîner frugal.

Je suis vraiment bien dans cette maison. Elle me rappelle tant de bons moments, tant de douceurs de l'enfance. Lorsque je suis là, tout seul, je vis dans mon passé presque autant que dans mon présent.

Je revois ma mère, si belle dans sa grande tenue noire, avec ses boucles d'oreilles scintillantes, ses cheveux blonds, sa douceur, la grâce de ses mains et les instants exquis où elle me serrait contre sa poitrine en m'appelant : « Mon p'tit Jean » !...

Achètâ daryé ma tâbla, de triye kontre ma le folyè dlez avelye ke d'é trovâ yô u poutan. De rkonyoche lou déssin, relèje, teu, prènye fouè onko on kô.

Le myè, yon dle blandisseri de ma mâra ! De la vèye kilâ la kolyéra ryonda dyin le myè d'o, le fâre kolâ bâ dyin sa bosha vezzoza, in barbolyé se brâve pôte rouze.

- « Tou ke t'in vo ? », ke le me démindâve... Si d'in voyéve !

A mon teur, de me barbolyéve de myè avoué, in argadan ma kâra mâre k'in rprenive, s'in barbolyéve avoué, é to do éro, ne fachévyon la zhué du pâre Carraz k'éta itye é de la brâva nana.

« Bon Dyou ! Le myè ! E sin ke me fô ! Deman de môde à Kouaze, shé Marguez é de rapourte on-n'avelyé ».

Etulyè dyin ma kushe, de pouéche pâ sarâ lou ju. Raboutâ on-na paryéra mashina dyin l'uzena, i da pâ être éjè ! E si d'i arvâve pâ ? Parka ? De déye byin y arvâ ! Fô ke de lejisse teute le fôlye pe l'instalachon é pe la fâre modâ. Fô ke de konechisse kâzmin teu pe keu ! Vouè, de pouéche bin rossi ! ...

Sin ke d'i vèyisse, teu plan, de m'indrume...

Le luindman matin, de béte fou mon vélô, apondye la ptyouta zhèrbyéra de ma mâre u pontô de ma sèla é me vatya vyè pe Laissaud.

A Kouaze, l'apikulteu é patraklye. On grou fré le mantin dyn la kushe. U pou pâ lamin bablâ. De shapitôle teuta ma volontâ d'ashètâ on âvelyé. Marguez di pâ nè, sins inbyâre.

- E d'ako !... La fèna te moutrera lakinta... Te payeré bin kin de sara myu ! Adon, môde ! k'u shanva avoué on grin kô de la man.

De fache atinchon a bin sarâ le golè de l'invoule, de béte l'avelyé su la zhèrbyére é avoué teuta sourte de prékôchon, ma si de portâve on grin patraklye, de rintre teu plan shé ma, la téta vron-nante ma l'avelyé, dyin lekin lez avelye vron-nassan dèspéramin.

On kô shé ma, de mô yô u korti dzeu la Pelèta, béte avoué respè l'avelyé su katre plô de simin, d'uvre pâ le golè dlez

Assis à ma table, je tire à moi le livre des abeilles que j'ai retrouvé au grenier. Je reconnais les illustrations, relis tout, me passionne à nouveau.

Le miel, un des délices de ma mère ! Je la revois tremper la cuillère ronde dans le miel d'or, le faire couler dans sa bouche charmante, en barbouiller ses belles lèvres roses.

- « Tu en veux ? », me demandait-elle. Si j'en voulais !

A mon tour, je me barbouillais de miel tout en regardant ma mère qui en reprenait, s'en barbouillait aussi et tous deux heureux, nous faisions la joie du père Carraz et de ma chère tante.

« Bon sang ! Le miel ! C'est ce qu'il me faut ! Demain, je vais à Coise, chez Marguez et je ramène une ruche »

Allongé dans mon lit, je ne trouve pas le sommeil. Installer cette machine à l'usine, ça ne doit pas être commode ! Et si je n'y arrivais pas ? Pourquoi ? Je dois très bien pouvoir ! Il me faut lire toutes les notices d'installation et de fonctionnement. Il faut que je connaisse tout par cœur ! Oui, j'y arriverai bien !...

Sans m'en rendre compte, lentement, je m'endors.

Le lendemain matin, je sors mon vélo, fixe la petite remorque de ma mère au montant de ma selle et je pars en direction de Laissaud.

A Coise, l'apiculteur est malade. Un coup de froid le cloue au lit. Il peut à peine parler. J'explique mon intention d'acheter une ruche. Marguez ne fait pas de difficulté :

- C'est d'accord !... La femme te montrera laquelle... Tu paieras quand j'irai mieux ! Allez, va ! conclut-il avec un grand geste.

Je ferme soigneusement le trou d'envol, mets la ruche sur la remorque et précautionneusement, comme si je transportais un grand malade, je rentre lentement chez moi, la tête bourdonnante autant que ma ruche, dont les abeilles secouées, vrombissent désespérément.

Une fois de retour, je monte au jardin sous la Pelette, place délicatement la ruche sur quatre moellons, ne dégage pas

âvelye pe ke le modissan pâ defou, d'argâde ke le mankon pâ d'è, é léche in rpou mez avelye. De le léchera parti al voule dman.

le trou de sortie des abeilles, m'assure que l'aération est suffisante et laisse reposer mes pensionnaires. Je les libérerai demain.

3) On-na neuvéla rotativa

Le delyon matin, ma on ava de avoué Landry, de môde al « Papeteries de Frinse ».

Dario, bin shapitolâ pe Landry, me léche teuta la rèsponsabilitâ de l'instalachon du neuvyô bregue, atindyan avoué grin plézi, mou premyé mankamin.

E on grou grou pelyô, fé de tra bokon séparâ ke fô apondre louz on avoué louz ôtre é lou fâre vriyé insin.

Deran tra zheu, avoué slou mandâ pe l'uzena ne lavorin tan k'on pou.

Le zheu k'on a betâ in rota le bregue, d'é apèlâ mon patron pe k'u fachisse in premyé teu vriyé. Eta on pari ; i rossive ou i kakalyéve. Ya teu rossi !

Avoué on ron-namin ke m'a konblâ d'ézi, mé k'a fé korsi le din de Dario, la mashina s'é betâ in rota é a krashè se folye de papyé teute bin patafyolâ su lou roulyô de rézèrva.

Le patron raouyè, a payè a bére a to slou k'avan lavorâ pe l'instalachon... méme a Dario.!

Dyin lou zheu d'apré, la mashine a bin modâ. De fachéve teu sin ke djéve la fôlya de notifikachon. Dario l'a pâ argadâ. Mâ lyi a fé !

Landry m'a propouzâ de modâ lavorâ lé dyin le papeterie de Lancey, pe fâre konyotre on moué de neuvéle fabrikachon.

- Tra ma, k'u me di, fô ke t'aprenyisse to lou neuvyô sgrè de l'ouvra, le koleu, lou parfran, poué teu...I sara pâ lon,... é poué Lancey é a do pâ !

3) Une nouvelle rotative

Le lundi matin, comme convenu, j'arrive aux « Papeteries de France ».

Dario, vigoureusement sermonné par Landry, me laisse l'entière responsabilité de l'installation de la nouvelle rotative, attendant avec délectation mes premiers loupés...

C'est une énorme machine, constituée de trois parties distinctes qu'il faut assembler les unes aux autres et les synchroniser. '

Pendant trois jours, avec les spécialistes mandatés pour l'installtion, je travaille d'arrache-pied.

Le jour du lancement, je prévins mon patron, pour qu'il fasse lui-même la mise en route. C'était un pari : une réussite ou un fiasco. Ce fut la réussite !

Avec un vrombissement qui me remplit d'aise, mais qui fit grincer les dents de Dario, la machine s'élança et émit ses premières feuilles de papier enroulées impeccablement sur les cylindres de stockage.

Le patron ravi, offrit à boire à tous ceux qui avaient contribué à cette installation... même à Dario !

Dans les jours qui suivirent, la machine fonctionna bien. Je respectai scrupuleusement ce que préconisait la notice. Dario la négligea. Mal lui en prit.

Landry me proposa de faire un stage aux papeteries de Lancey, pour m'initier à de nouveaux processus de fabrication.

- Trois mois, me dit-il, il faut que tu apprennes tous les procédés du métier, les teintes, les pourcentages, etc. Ce ne sera pas trop long... et puis Lancey est à deux pas !

Mon ouvre a Lancey s'é passâ ma on-na trinketa. D'é apra a dozâ le koleu, a teute le brodâ insin, a fornèlyé le gran dlou papyé, a lou trovâ teu juste, parka l'Association F rançaise de Normalisation», « l' AFNOR», léche ryin passâ. .

On vépre, ke d'étin shé ma, arive in rakrô mon Jacky.

E on bon konyâtu du travé   . Petyou, vi, jamé grinzhe, u me bâlye on bon kô de man é on lavore bin insin.

- Vin yin, ke dlyi déje, ka-tou k'arive ?.

- Ô, Ô ! k'u me rpon in rjan ma on bossu, si te vèyâ la dé-gouénâ !

U vin yin, batikoule, se tape su le kouésse in rjan ma on fo.de teu son sou.

- Â, Â ! Le bregue é patrakle !... Si te vèya ! Â, Â !... Le béte defou le fôlye n'inpourta kmè. Â, la débina ! Dario fé boure, u rossa pâ a la fâre modâ. Ul é grinzhe ma on épena !... Adon, Landry vo ke te venyisse dman. Ul a fé sava a Lancey ke t'iré pâ dman u travé.!

On a rju to do de teu ntron sou in bèyan on-na botoye de vin dle Koute. Jacky me rakonte sa vya.

Ul éta avan, on boyan shé on barkantin yô dyin la Mo-ryana.

- On sargan ! D'étin pe mâ trètâ ke se vashe ! E mon pâre ke m'ava fé modâ shé lui. D'i si pâ rèstâ on vyazhe ! D'é lavorâ apré shé le mnujé Pralè, poué d'é ouyi bablâ dle Papeteri. D'i si vnu var. Ya étâ bon é dapoué, i me fé bin plézi.

- Tan myu, ke dlyi déje, on fé on bon travé insin. Poué de si cheû k'i vé kontinyé.

On shanva la botoye é Jacky s'étuèye onko mé éro k'ul éta vnu. i.

Le luindman a l'uzena d'é vyu lou damazhe. D'é pâ pochu m'inpashé de rmonyé :

- Sakré bon Dyou !... Ka-tou ke vzi trafgâ ?... E pâ vré ! Yo k'é Dario ?

Dario éta pâ itye... Nyon l'avan vyu de teuta la matnâ chô zheu !...

34

Mon stage fut passionnant. J'appris à doser les colorants, à mêler les teintes, à régler le grain des papiers avec une grande précision car l'« Association Française de Normalisation», « l'AFNOr », est très exigeante !

Un soir que j'étais chez moi, visite inopinée de Jacky.

C'est un bon copain de travail. Petit, vif, rigolard, on peut compter sur lui et on s'entend bien tous les deux.

- Viens, entre lui dis-je, qu'est-ce qui se passe ?

- Oh, Oh ! rétorque-t-il en riant « comme un bossu », si tu voyais le carnage !

Il entre, gesticule, se frappe les cuisses en riant à gorge déployée.

- Ha, Ha ! La machine est déréglée ! ... Si tu voyais ! Ha, Ha ! Elle sort des feuilles n'importe comment. Ah, le gâchis ! Dario tempête, arrive pas à la faire marcher. Il est d'une humeur !... Alors Landry veut que tu viennes demain. Il a prévenu Lancey que t'irais pas en stage !

On rit tous les deux. J'ouvre une bouteille de vin des Côtes. Jacky me raconte sa vie.

Il était auparavant garçon de ferme chez un éleveur en Maurienne.

- Un sauvage ! J'étais plus mal traité que ses vaches ! C'est mon père qui m'avait fait entrer chez lui. J'y suis pas resté longtemps ! J'ai travaillé à la menuiserie Pralet, puis j'ai entendu parler des Papeteries. Je me suis présenté. Ça a été bon et depuis, ça me plaît bien.

- Tant mieux, lui dis-je, on fait du bon boulot ensemble. Je suis sûr que ça va continuer.

On finit la bouteille et Jacky repart encore plus joyeux qu'il n'était venu.

Le lendemain, à l'usine, Je constate les dégâts. Je ne peux m'empêcher de crier :

- Sacré bon Dieu ! c'est pas vrai ! Qu'est-ce que vous avez fabriqué ?... Où est Dario ?

Dario n'était pas là. Personne ne l'avait aperçu ce matin-là !

D'é pro éssèyè de fâre vriyé le bregue, mé d'é pâ pochu yarvâ.

De reléje teute le notifikachon, de béte on moué d'ore a tâtonâ, é a la fin de la zheurnâ, le bregue vire teu ma fô de neu-vyô.

Chô kô, Dario é a l'afron pe de bon !

Je fais quelques essais, mais ne parviens pas à rectifier le fonctionnement.

Je me replonge dans la notice, passe plusieurs heures à faire des tentatives et en fin de journée, la machine fonctionne de nouveau.

Cette fois, Dario est battu pour de bon !

(1) (AFNOR : Association Française de Normalisation.)

4) Lez âvelye amouéroze

On kô mon travé shanvi a Lancey, d'é kilâ mon « blu » é a zhoshon yô su le barô dlou Fontville, d'atravèrse, a flan de Jozé, le pon pe modâ lé kontre Shaparèyan,

Dyin la kanpanye, lou shmin son to in tèra tassâ avoué de kalyo « in-vo-te-in-vatya » !.

Lou mâléro k'étan achètâ dyin lou barô triyè pe lou bou sin ava pâ on resso, se bouran on sè de palya dzeu le ku pe fâre on ptyou konso.

Mé d'abo la palya chè plu a ryin é u son teu markorâ.

Ne prenyin la rote nachonâle. Sle rote nachonâle, lya, le son in pyére. De grou pelyô de « cylindre » de fè le « roulyon» é l'ufron on konso bin myu.

Lou « cylindre » ! Ve sâte pâ ka yé, voui !

Eta de grou pelyô tarteu, pèzan de vin a trinte mile kileu, a vapeu, avoué dué grousse ruè in aché, pe daryé, yôte de do métre, é ke possâvan dvan lo on grou-grou « cylindre » in aché, lârzhe, pèzan, k'aplanive le rote.

Mé, le pyère dèyévan a teu momin étre rbetâ. Adon, dvan to lou vlazhe, dez eume brekâvan de pyère, lavorâvan teuta la zhornâ.

Achètâ su on « plô »de bouè, d'on kô lèste, u fachévan pètâ le pyère ke lou bouvyé loz amènâvan, pindin ke d'ôtre por-tâvan vyè louz éklyapô, louz étulyévan, pe k'u chuchan « roulâ » ou « cylindrâ ».

4) Les abeilles amoureuses

Une fois mon stage terminé, vêtu de mon « bleu », juché sur le tombereau des Fontville à côté de Joseph, je traverse le pont de la Gâche en direction de Chapareillan.

Dans la campagne, les chemins sont en terre battue avec des cailloux « en-veux-tu-en voilà » !

Les malheureux voyageurs assis dans des chariots à bœufs sans aucune suspension, bourrent un sac de paille sous leurs fesses en guise d'amortisseur.

Mais, bientôt la paille n'a plus d'efficacité et ils sont à la torture.

Nous prenons la route nationale. Les routes nationales, elles, sont empierrées. D'énormes « cylindres » de fer les « roulent » et les nivèlent.

« Les cylindres » ! Vous ne savez plus ce que c'est aujourd'hui !

C'étaient d'énormes tracteurs noirs, d'une trentaine de tonnes, à vapeur, avec deux larges roues en acier à l'arrière, hautes de deux mètres. Ils poussaient devant eux un énorme cylindre d'acier, large, pesant, qui enfonçait les pierres, les écrasait, nivelait la chaussée.

Mais, les pierres devaient sans cesse être renouvelées. Aussi, à l'entrée des villages, des casseurs de pierres travaillaient à longueur de journées.

Assis sur un « plot » de bois, d'un geste rapide, ils faisaient éclater les pierres que des charretiers leur amenaient, tandis que d'autres emportaient les éclats, les étalaient, afin qu'ils soient « roulés » ou « cylindrés ».

Su mon moué de palya, teu dou brichè, de grigote on-na fyanfyourna :

> Sur la route de Louviers (bis)
> Il y avait un cantonnier
> Et qui cassait et qui cassait et qui cassait
> Des tas d'cailloux,
> Pour mettre sous l'passage des roues,
> Roues, roues, roues... (bis)

Teu pr'on kô, on ouye on bri de moteu. On-na vré voua-teura !

Arvâ yô kontre nz ôtre, le nze pâsse devan ma on éluid, pâ in dzeu de 30 kmh, dyin on-na nyoula de possa !... Son kon-dukteu, kaskâ de koué, avoué de grousse lenete a on-na fgeura de tavan. D'on-na man u fé modâ sa tronpèta : « Pouèt, Pouèt» nze fé on grin arva é s'évani dyin la possa !

- E la vouateura de Perrier ! kire Fontville.
- T'é cheû ? On l'a pâ poué bin vyu avoué sla possa !
- Chè ! Du méme kô, ya poué ryin ke lui é Escafail k'in an yeunav. E sela de Perrier, ke de te déje. E on-na Dion-Bouton avoué le rué in bouè. De la konyoche bin, te sâ, ul la béta a flan de shé ma !

Le vouateure « korivan pâ le sharire » a chô momin, mé le roulâvan dézhè dyin ma téta. Eta par ma on réve ke de kar-chéve seuvin é de me fachéve promessa d'in ava yeuna u petou ke de porre.

A la fin, nz' arvin « Au pardis des Apiculteurs» !

On maravlyo barguinyô ! Vré paradi ! Plin d'avelyé, de centrifugeuses, de ketyô pe dézopèrkulâ, de ôsses, de barakin pe le myè. De sekre pe louz avyu, mé avoué de flè pe s'aparâ, de seufle a fouè, de bokô...

D'ashète teu sin ke de pouéche, on béte teu yô su le barô é de teurne in sé, d'âvyu plin ma téta.

De béte teu mon sinfruskin dyin le sarteu... Mé de si pâ onko prèste ! Triyé yô lez avelye... E on metyé !...

Sur ma botte de paille, légèrement bercé, je fredonne une chanson :

Sur la route de Louviers (bis)
Il y avait un cantonnier
Et qui cassait et qui cassait et qui cassait
Des tas d'cailloux,
Pour mettre sous l'passage des roues,
Roues, roues, roues... (bis)

Tout à coup, on entend un bruit de moteur. Une automobile !

Arrivée à notre hauteur, elle nous double en trombe, au moins à 30 kmh !... Son conducteur, casqué de cuir, chaussé de grosses lunettes a une tête d'insecte. D'une main, il actionne la poire de sa trompe : « Pouet, Pouet ! », fait un grand salut et disparait dans la poussière !

    - C'est la voiture de Perrier ! S'écrie Fontville.

    - T'es sûr ? On l'a pas bien vue !..

    . - Si ! De toute façon y a que lui et Escarfail qui en ont une. C'est celle de Perrier, j'te dis. C'est une Dion-Bouton, à jantes en bois. J'la connais bien, tu penses, il la gare à côté de chez moi !

Les automobiles ne « couraient pas les rues » à cette époque, mais elles roulaient déjà dans ma tête. C'est un rêve que je caresse souvent et je me promets bien d'en avoir une dès que je pourrai.

Enfin, nous arrivons « Au Paradis des Apiculteurs »!

Un superbe magasin ! Vrai paradis ! Des ruches, des centrifugeuses, des couteaux à désoperculer splendides, des hausses, des bidons à miel. Du sucre pour les essaims, des filets de protection pour le visage, des soufflets, des bocaux....

J'achète tout ce que je peux, on charge le tombereau et je rentre, des essaims plein la tête.

J'installe tout dans ma cave... Mais je ne suis pas encore prêt ! Elever des abeilles... C'est un métier !...

De kire Marguez, lé a Kouaze. Ul é d'ako pe me moutrâ kma fô poué fâre pe drèché teute sle « damouézele a myè », k ma u di.

Teute le seman-ne de monte yô a Kouaze in vélô. Vin kilométre avoué mon bon vélô sin on-na vitèssa, mé avoué on-na sounaye a kouza dlou teurnan !...

- Surteu, lavorâ plan plan, k'u me di. Pâ on seguin. Le son de ptyoute bétye ke sintyon teu, ke son dosse, k'âmon pâ la sargan-neri. Fô lez âma, le karché.

U vé in avan ma on-na mâre-lèvâre.

- Si t'é mé érye, le saran sarvazhe. Si te lez âme, l'i sintyon du kô é le te bâlyeron lo myè sin te pekâ...

- Voui, de béte on-na tala su ma téta, parka de si avoué ta é ke le te konyochon pâ. Le sâvon pâ ma te vé te konportâ ma non plu... Mé dyin on pou, kin l'âran konyu ta tronbina, konyu tou jèste, ton âreu, si t'â cheu lo fâre plézi, on âra plu fôte dla tâla.

Ma d'é pâ lè di krare, u me di :

- Te me kra pâ, in ? ... Môde te betâ itye-lé a flan du pomyé. Buzhe pâ, fé pâ on bri é argâd-me.

De me triye avè, me béte daryé l'âbre é avèlye mon Marguez, lekin, téta nuè, le minshe revershé yô, trepôlye u mintin de louz avyu.

Teu môde bin. U femache fakya, béte defou kôke ôsses, le groule, le péze, le rebéte, sin ava on inbyâre.

U me revin kontre potronan.

- Â-te vyu ! E pâ tarabiskotâ, pâ riskâ. Le son teute d'amouéroze. Le sâvan k'on lez âme avoué, k'on é itye pe lo balyé de kô de man, le fâre modâ myu, é te pou slamin kontâ su lya. Si te fé pâ de badyan-neri, le saran teurzheu a ton sarviche. Te pou slamin kontâ su lya ! Dez amouéroze, te déje ! Fô me krare, te t'in repintré pâ !

Je contacte Marguez, à Coise. Il est d'accord pour m'apprendre à domestiquer ces « demoiselles à miel », comme il dit.

Toutes les semaines, je monte chez lui à vélo. Vingt kilomètres avec mon bon vélo sans vitesse, mais heureusement avec une sonnette, à cause des virages !...

- Surtout, travailler lentement, me dit-il. Pas de geste brusques. Ce sont des créatures sensibles, douces, qui n'aiment pas la brusquerie. Il faut les aimer, les caresser.

Il continue avec des gestes d'accoucheuse.

- Si tu es de mauvaise humeur, elles seront farouches. Si tu les aimes, elles le sentent tout de suite et te donneront tout leur miel, sans te piquer...

- Aujourd-hui, je mets un voile autour du visage, c'est parce que je suis avec toi et qu'elles te connaissent pas. Elles ne savent pas comment tu vas réagir et moi non plus... Mais dans quelque temps, quand elles reconnaîtront ta bobine, tes gestes, ton odeur, si tu as su leur plaire, on n'aura plus besoin des masques.

Comme j'ai l'air dubitatif, il me dit :

- Tu me crois pas. Hein ?... Vas te mettre là-bas près du pommier. Bouge pas, fais pas de bruit et regarde-moi.

Je m'éloigne, m'installe derrière l'arbre et observe mon Marguez qui, tête nue, manches retroussées officie au milieu des essaims.

Tout se passe bien. Il enfume de temps en temps, sort des hausses, les secoue, les soupèse, les remet, sans aucune difficulté.

Il revient vers moi triomphant.

- T'as vu ! C'est pas compliqué, pas dangereux ! Ce sont des amoureuses. Elles savent qu'on les aime, qu'on est là pour les aider, les faire prospérer et tu peux y aller, si tu fais pas de conneries, elles sont toujours généreuses. Elle te donneront tout ce qu'elles ont ! Des amoureuses, je te dis ! Crois-moi, tu t'en trouvera bien !

A pré de paryére shapitolézon d'amou, de m'étuèye shé ma, inkreuyozi de sava si ma avoué de soura me fâre « âmâ » de sle «damouézele d'o » !

Jamé d'ârre pinsâ ke chô vyu eume, portave dyin le petre on paryé amou pe sle brâve « damouzele » !

In arvan, la téta teuta vron-nanta, de me kâsse le nâ su Saugemerle, on ôtre amouéro de la brâva nateura.

- Adon, deman, te vin fâr le shassu ? K'u me di.

Après de telles leçons d'amour, je rentre chez moi, curieux de savoir si moi aussi je saurai me faire « aimer » de ces « demoiselles d'or ».

Jamais je n'aurais imaginé que ce vieil homme portait en lui une telle ferveur pour ces belles « demoiselles » !

En arrivant, l'esprit plein de bourdonnements, je tombe sur Saugemerle, un autre amoureux de la belle nature.

- Alors, demain, tu viens à la chasse ? Me dit-il.

5) On fozi in Dyana

Lé dzeu lou drapô, d'avin apra a fâre le kô de fouè é d'avin invije de prindre on parmi.

Dapoué ke de si itye, Saugemerle me tegône teu du lon. Adon, parka pâ ?

- Vouè, d'in é bin invije, ke d'é rpondu.

- Môde, shanpe-te, on vé bin s'amozâ, k'u me di.

Marc Saugemerle, pe vyu ke ma, ava trafgâ teute le montanye dle Béledonne é passâve se deminzhe su lou kré, le fozi a l'épale.

Petyou, narvo, amozan, u modâve fou ryin k'in vélô, taka su la râtéla, tornâve shé lui, é tornâve fou ryin ke p'ashètâ son pan, son zhornyô, ashètâ se karteushe, bére on kô su le zingô dla Lison, é vni shé ma le dvindre a nué.

To do achètâ daryé on-na « ptyouta », on shafaldâve de plan su la komete pe modâ yô a la montanye pe le dsandre.

Saugemerle ava on vyu 16 de Manufrance, avoué on-na krosse brelyanta de grèya, ke fachéve pâ seuvin bablâ la possa, mé k'intartnive le man de son portyu.

- I môble, k'u djéve, é pâ pe triyé, poué é pâ badyan ma se banbanâ le man vouade !...E Poué, ul apondyéve :

- Chô fozi, é on vyu tronblon, mé u me vin dra de mon poure pâre é, t'in fé pâ, a katre-vin métre, u te plume on kok ma ryin !

, D'âmâve montâ yô in montanye avoué Saugemerle. De l'apèlâve jamé pe son ptyou non, mé teurzheu «Saugemerle ». Le non me fé plézi. La sôzhe é profoumata é lou mèrle nez ins-hârman to.

Mon ami konyo teute le montanye, on moué d'armalyi, d'albèrzhe, de fèrme solete, é le vépre, in s'étuèyan, u se fé seu-

5) Un fusil en bandoulière…

Au service militaire, j'avais appris à faire le coup de feu et l'envie d'un permis de chasse me tenaillait.

Depuis mon retour, Saugemerle me harcèle. Alors, pourquoi pas ?

- Oui, j'en ai bien envie, lui répondis-je.

- Allez, lance-toi. On va bien se marrer, me dit-il.

Marc Saugemerle, plus âgé que moi, avait parcouru toutes les montagnes des Belledonnes et passait ses dimanches sur les hauteurs, le fusil à l'épaule.

Petit, nerveux, rigolo, il ne sortait qu'en vélo, musette sur le dos, rentrait chez lui et n'en ressortait que pour acheter son pain, son journal, acheter des cartouches, boire un coup sur le comptoir de la Lison, et me rejoindre, le vendredi soir.

Tous deux attablés derrière une « fillette », on échafaudait des plans de balades en montagne pour le samedi.

Saugemerle avait un vieux 16 de Manufrance, à la crosse luisante de crasse, qui ne faisait pas souvent parler la poudre, mais qui donnait une contenance à son porteur.

- Ça meuble, disait-il, c'est pas pour tirer, c'est moins bête que de se balader les mains vides !... Et puis il ajoutait :

- Ce fusil, c'est un vieux tromblon, mais il me vient de mon pauvre père et t'en fais pas, à quatre-vingts mètres, il te plume un coq comme rien !

J'aimais monter en montagne avec Saugemerle. Je ne l'appelle jamais par son prénom, mais toujours « Saugemerle ». Le nom me plaît. La sauge est parfumée et les merles sont des enchanteurs.

Mon ami connaît toutes les montagnes, beaucoup de bergers, d'auberges, de fermes isolées et le soir en rentrant, on

vin invitâ p'on « kâssa-kruéte su le puzhe ». U fé rire teu le monde é on s'étuèye ponpete.

To do, ne modin a l'ârba du zheu. Vélô tan k'a St Pyère d'Alavâ ou Goncelin, poué, yô in travè lou bouè. Fozi su la râtéla, Saugemerle uvre le pâ, l'oureulye drèchè. Ne modin sin bri. On se koule dzeu louz âbre.

Mé d'abo, Saugemerle kire : D'é fan !

Yin fô pâ mé. Ne nez achètin to do avoué ntre gremanderi su on palin, é bablan a ptyouta voué ma to lou kô, on pinse méme plu a lou kok. Sin ke kontye é de passâ on bon momin. La shassa !....

Ne betin fou de ntrou sè, opinèl, dyô, toma de shèvre, « ptyouta felyôte » de reuzhe de la Paganone, poué ne modin vyè, la boba plana é le ju farfalyô.

Chô zheu, de brame ke de si prèste a ashètâ on fozi. Saugemerle kire in rjan :

- Â bin é pâ mâléro ! dapoué le tin ke de t'i déje !... T'â rézon ! ... Fô arouzâ sin !

On-na dojéme « felyôte » de blin a passâ teuta l'âmre a gôshe !

- Te sâ, lou pe bon fozi, é lou Manu ! Déblatére Sauge-merle. D'in é triyè pâ mâ, dézhè, mé u son lou myu. Dra, kostô, lèzhé. Prin n'in yon, t'argréteré pâ. Môde shé Fourastier lé u Touvè. De le konyoche bin. U te vindra pâ on-na sapa de ryin du teu !

On vépre, apré ma zhornâ, intre shin é lo, de m'in môde a vélô lé u Touvè.

On kô dyin l'armuri, de konprenye ke de m'étuèyera pâ le man vouade. Lou fozi s'alenyan dyin lou dènyu, to pe brâve louz on ke louz ôtre. De lou kareche avoué lou ju, lou tegone avoué le man, lou mire to.

Le barguinyô de Fourastier é teu du lon é, lé kontre la mo-raye du fon, on-na grinda sibla blinshe avoué de rèyon, charvive a réglâ la mira.

Fourastier vin yin. De lyi déje ke de venye su lou konsa de Saugemerle é ke de volyéve on fozi pe la shassa a lou kok.

se fait inviter pour un « casse-croûte sur le pouce ». Il fait rire tout le monde et on rentre à moitié pompette.

Tous deux, nous partons tôt le matin. Vélo, jusqu'à St Pierre d'Allevard, ou Goncelin, puis, montée à travers les bois. Fusil sur le dos, Saugemerle ouvre la marche, l'oreille attentive. Nous marchons en silence. On se coule sous les arbres.

Mais bientôt, Saugemerle s'écrie : J'ai faim !

Il n'en faut pas plus. Nous nous asseyons tous deux avec gourmandise sur une pierre plate et parlant bas par habitude, on ne pense plus aux coqs, ce qui compte, c'est de passer du bon temps. La chasse !....

Nous sortons de nos sacs à dos, opinels, saucissons, tommes de chèvre, « fillettes » de rouge de la Paganone, puis repartons, la panse lourde et l'œil distrait.

Ce jour-là, j'annonce que je suis décidé à acheter un fusil. Saugemerle s'exclame joyeusement :

- Ah bin, c'est pas malheureux ! Depuis le temps que j'te le dis !... T'as raison !… Faut arroser ça !

Une double « fillette » de blanc passe l'arme à gauche !

- Tu sais, les meilleurs fusils, c'est les Manu ! Dit Saugemerle. J'en ai essayé pas mal, déjà, mais ce sont les mieux ! Précis, solides, légers. Prends en un, tu regretteras pas ! Va chez Fourastier au Touvet. je le connais bien. I te vendra pas une pétoire de rien !

Un soir après ma journée, entre chiens et loups, je pars à vélo pour le Touvet.

Une fois dans l'armurerie, je comprends que je ne repartirai pas bredouille. Les fusils s'alignent dans leurs râteliers, tous plus beaux les uns que les autres. Je les caresse des yeux, les tâte de la main, les admire tous.

Le magasin de Fourastier estt tout en longueur et contre le mur du fond, une immense cible blanche aux rayons concentriques noirs, permet de régler la mire.

Fourasdtier entre. Je lui dis que je viens sur les inditions de Saugemerle. Je veux un fusil pour la chasse aux coqs.

U me moutre to lou fozi ke de béte a l'épale louz on apré louz ôtre. De vouélye teu konyotre, teu éprovâ.

Le barguinyu amozâ, para âmâ balyé a sou shâlan lou konsa pe sava triyé avoué on fozi. Adon, p'on konyâtu de Saugemerle !...

De prenye on 16 de Manufrance. Ul é lèzhé, a on-na krossa fina, brâva é sa fluta é bin dyin la man.

Fourastier pike on-na karteushe dyin on-na scatola :

- Môdez-i, triye avoué le fozi !

- Itye ? Dyin le barguinyô ?

- E fé pe sin ! Te va pâ la sibla ?

D'akape le fozi, gliche avoué on kô u keu la karteusha dyin la shinbra, béte a l'épale, fache foué é rinplasse le magazin de fmyére !

- Sakréblu ! kire Fourastyé. De t'é balyè on-na karteusha de possa nara !... D'aparye ké mé onko louz éfan k'an teu marolyè.

In rjan, on uvre pourte é fnétre.

- E selez-itye, tou ke te le konyo ? me déminde Fourastier.

U me moutre dyin sa man tra kareushe k'an on-na pouinta d'on flan.

- Né ! Jamé vyu, ke de déje.

- Â, Â ! é de karteushe a brôshe !

- A brôshe ?... Mé d'é ouyi bablâ d'on fozi a brôshe !... De me déminde, vouè, si le pâre Carraz in ava pâ on fozi ma sin itye.

- Tou ke te vo in var yon ?

Fouratier s'inmôde dyin sou plakâ é rvin yô avoué on fozi ma to louz ôtre.

- Ul é du mémé ! de lyi déje.

- Nè, argâde le shin... ul é plan. U tape a plan su la brôshe, l'a fé tapâ su on-n'amoursa é, fouè !

- Â, vouè, de parchave... E pâ mâ... I me bâlye invyè d'artrovâ chô du pâre Carraz.

Il me présente les fusils que je mets en joue les uns après les autres. Je veux tout connaître, tout essayer !..

Le marchand amusé, semble aimer donner à ses clients les rudiments du tir au fusil. Alors pour un copain de Saugemerle !...

Je choisis un 16 de Manufrance. Il est léger, a une crosse fine, élégante et sa flûte est bien en main.

Fourastier pioche une cartouche dans une boîte :

- Vas-y, essaie ce fusil !
- Là ? Dans le magasin ?
- C'est prévu pour ça ! Tu vois pas la cible ?...

Je m'empare du fusil, glisse avec émotion la cartouche dans la chambre, mets en joue, fais feu et remplis le magasin de fumée !

- Sacrebleu ! s'écrie Fourastier. Je t'ai donné une cartouche de poudre noire ! Je parie que c'est les gosses qui ont tout mélangé !

En riant, on ouvre portes et fenêtres.

- Et celles-là, tu les connais ? me demande Fourastier.

Il me montre dans sa main trois cartouches munies d'une pointe par côté.

- Non ! Jamais vues, dis-je.
- Ha, ha ! ce sont des cartouches à broche !
- A broche ?... Mais j'ai entendu parler de fusil à broche !... Je me demande si le père Carraz n'avait pas un fusil comme ça.
- Tu veux en voir un ?

Fourastier plonge dans ses placards et revient avec un fusil apparemment semblable aux autres.

- Il est pareil ! lui dis-je.
- Non, regarde bien le chien... Il est plat. Il frappe à plat sur la broche, l'enfonce sur une amorce et, feu !

Ah, oui, je comprends... C'est pas mal...   ça me donne envie de retrouver le fusil du père Carraz.

Le darnyére femashe involâ, d'ashéte teu sin ke fô pe fâre shé ma me prôpre karteushe.

- Possa nara ou nè ? Me déminde Fourastier.

- Ô, le dué !

- Â, mé, é pâ paryé !

- Mon gran modâve shassâ avoué la nara, ke de déje, modin pe la nara !

- L'é pâ tan fourta ke l'ôtra, é fa on-na de sle fmyéra, ma t'â vyu !

- Balyé le dué, fé ryin !

- Atinchon ! Le dôze son pâ le méme !... Si te te marô-lye... é ta ke voule in fmyéra, rpon Fourastier in rjan.

D'ashéte « possa nara », « possa blinshe », plon de 6, 8, 12, shevrotene, boure, dôzeu, obturateu é poué sin k'é forchè, la sèrtissoza.

- E le brôshe, t'in vo ?... tè, de te bâlye sle traz iteye. Fé atinchon !

De kile teu sin dyin ma taka d'épale, atashe mon fozi a la bara de mon vélô, é kanon in avan, su chô « vélô-mitrayu » in-provizâ, de môde pe teurnâ a Vlâ-Béné, dzeu lou ju amozâ de l'amuryé.

On kô shé ma, de pouéche pâ dremi. De fache teni la sèr-tissoza a la tâbla dla kozena, d'akape on-na brâva karteushe reuzhe avoué on kulô de kouivre zhône, mozere la possa nara, béte la boure, lou plon, l'obturateu é de sèrtasse teu.

D'in fache on-na dojéme, poué on-n'ôtre é d'abo on-na dizana de karteushe s'alenyon su ma tâbla. Le « posse nare » d'on flan, lez ôtre de l'ôtre.

De lez akape avoué grin plézi dyin me man. Le son dosse, lézhére, ékutante. De lez argâde avoué on plézi teu do. De le kareche, é shanva pe le betâ bin ma fô dyin on-na ptyouta bouata in bouè.

E a chô momin ke de vèye ke d'é pâ ashètâ on-na sintuire a karteushe ! I fé ryin ! D'é bin le tin de rteurnâ shé Fourastier, mé avan, on ôtre grin événamin s'aprèste : l'inogurachon de la Mézon Valloire !

Les dernières volutes de fumées envolées, j'achète le matériel pour confectionner moi-même mes cartouches.

- Poudre noire ou non ? Me demande Fourastier.

- Oh ! Les deux !

- Ah, mais, c'est pas pareil !

- Mon grand-père chassait avec la noire, dis-je, allons pour la noire !

- Elle est moins forte que l'autre et fait une de ces fumées ! T'as vu !

- Donnez les deux, tant pis !

- Attention ! Les doses ne sont pas les mêmes. Si tu te trompes, c'est toi qui pars en fumée, dit Fourastier en riant.

J'achète « poudre noire », « poudre blanche », doseurs, plombs de 6, 8, 12, chevrotines, bourres, obturateurs et l'indispensable sertisseuse.

- Et des broches, tu en veux ?... Tiens, je te donne ces trois là. Fais attention !

Je glisse le tout dans ma musette, attache mon fusil à la barre de ma bicyclette et canon en avant, sur ce « vélo-mitrailleur » improvisé, je pars pour Villard-Benoît, sous le regard amusé de l'armurier.

Chez moi, impossible de me coucher. Je fixe la sertisseuse à un coin de la table de cuisine, prends une belle cartouche rouge à la douille de cuivre jaune, dose la poudre noire, mets la bourre, les plombs, l'obturateur et sertis le tout.

J'en fais une deuxième, puis une autre et bientôt une dizaine de cartouches s'alignent sur ma table, les « poudre noire » d'un côté, les autres de l'autre.

Je les prends voluptueusement dans mes mains. Elles sont douces, légères, dociles. Je les contemple avec un plaisir sensuel. Je les caresse et finis par les ranger dans une petite boite en bois.

C'est alors que je me rends compte que je n'ai pas acheté de cartouchière ! Sans importance ! J'ai bien le temps de retourner chez Fourastier, mais avant, un autre grand événement se prépare : l'inauguration de la Maison Valloire !

6) La Mézon Valouéra

Kin d'arive bâ a la Mézon Valouéra, le vépre de son inô-gurachon, de si abalordi... De véye on-n'aoula sin fin. L'é teuta klyâra avoué de lmyére. U mintin, l'a on grin planshi pe fâr balâ, avoué teut uteur on moué de ptyoute tâble blinshe, yo ke le zhin kminchan a s'achètâ. Lé u fon, on-na pèrtouzola pe lou mzuchin. D'on flan, on brâve zing yo ke louz eume s'amouélan avoué bri.

Ya on moué de monde. To de Shârapontin. De sâre de man, inbrache, déje bonzheu. Polido me fé la salutachon, lé u fon. Fontville et Zizi me fan sinye. De môde kontre lo.

- Adon ? Pâ mâ, in ?
- Vouè, rpon Fonteville. P'on-na vyéya grinzhe a vnégre, ul l'an bin rabistokâ ! T'â vyu, teute le felye k'ya sta nué ?

- Vouè, bacheû !
La mozeka péta d'on kô! Lou mzuchin, pintalon né, vèste a kouè reuzhe é shmiza blinshe a zhabô, shveû gominâ, alfâ, son montâ yô su la pèrtouzola é se débrilôkan. Tronpete, batri, tinbor, kevéklye !
Mozeka ézourdelyanta ! On sharivari !
On pou plu se bablâ. On ri, on se fé de sinye. Slou ke son yô kontre lou grou-bablan s'insôvan. D'ôtre se bouron lou puzhe dyin lez oureuye. Louz éfan se patafyôlan dyin lou ketlyon de lo mâre.
Erozamin, yon dla fizika kou al voule, trepôlye dyin lou konteu, fé plakâ teu le bri.
On-na bona fortouna vin bâ su on-ne aoula ke léche skapâ on « AAaa !» de kyièta;

54

6) La Maison Valloire

Quand j'arrive à la nouvelle Maison Valloire, le soir de son inauguration, je suis épaté !... Une salle immense, toute illuminée ! En son centre, une grande piste de danse entourée de petites tables blanches derrière lesquelles, déjà, les gens prennent place. Au fond, une estrade pour les musiciens. Sur le côté, un bar somptueux, où des hommes s'agglutinent à grand bruit.

Il y a beaucoup de monde. Tous des Charrapontains, ou presque. Je serre des mains, embrasse, réponds à Polidor qui me salue de loin. Fontville et Zizi me font signe. Je vais vers eux.

- Alors ? Pas mal hein ?

- Oui, répond Fontville, Pour une anciennre vinaigrerie, ils l'ont bien retapée !... T'as vu toutes les filles qu'il y a ce soir !

- Oui, bien sûr !

La musique éclate d'un coup ! Les musiciens, grande veste rouge à queue de pie, pantalons noirs et chemise blanche à jabot, ont pris place sur l'estrade et se déchaînent. Trompettes, batteries, tambours,cymbales !:

Musique assourdissante ! Un charivari !

On ne peut plus se parler. On rit, on se fait des signes. Ceux qui sont près des hauts-pa rleurs s'enfuient. D'autres se bouchent les oreilles. Des enfants se cachent dans les jupons de leur mère.

Heureusement, un magicien se précipite, farfouille dans les compteurs, réduit le volume sonore.

Une grâce apaisante descend sur une salle qui laisse échapper un : « AAaaah!... » de soulagement.

Teu pron kô, la mozeka kanbye. Plu on sharivari ! Vyourna, klarineta, saxo : virvir muzete !... Le zhin kminchan a balâ !

Le sindi, rade dyin son abilyamin né, kminche a balâ avoué on-na brâva fèna byonda, ablyè d'on-na grinda rôba reuzhe é blinshe ke volete uteur de lo, lou patafyôle to do, parlingue u mintin de l'aoula. Slou d'uteur tapan dle man. Lou bâlérou venyon yin su la pista.

To lou zhuéne de Ponsharrâ é dlouz uteur son to itye. De lou konyoche kâzmin to. Bin pou sâvon balâ. Pâ Zizi, pâ Fontville, pâ ma non plu. On sâ pâ balâ. Portan, on é to itye ! Ma de tepin, on argâde lou bâléru avoué invije, in nze môgrèyan. Parka-tou k'on môde pâ balâ ?

Kôkez-on dlou garson van balâ portan, mé u son bin pou. Teut a l'invè, teute le felye sâvan balâ ! De le konyoche teute kâzmin dapoué l'ékoula. Ora, le son de vré fène... Teute pe brâve lez eune ke lez ôtre !

« T'i vé fo ! » me dire Zizi. Pâ cheû !...

Le van teute balâ ! Le buzhan, réjon, s'amuzan é babélan, babélan... Ablyè avoué de rôbe de teute le koleu, lézhére, a froufrou, le son ma de fleu ke verôlyan dyin la mozeka.

Slou ke trepenyan a flan de la pista, é louz eume ! On moué, ablyè in né, inrôshan le tin in se betan in katyô a la bubeta. U vouadan le botoye, s'ingruintan, se tyoukan... E pâ du méme ! Parka ?

De varkouine avoué slou matyè-rjan, matyè-babon, ke tâshon de moutrâ bona fgeura, tranassan dvan le zingo, bèyan. De déveze avoué louz on é louz ôtre, déveze avoué Polido ke s'arpouze intre dué balâ. Parka, lui, u sâ balâ é u s'aréte pâ !

Erozamin, la mozeka bâlye la vya a teute la vèlyè. Le fé balâ lou baléru, fé balâ mon keu. E poué ryin ke de fyanfyourne de bal, mé teut in bablan avoué louz ôtre de si portâ pe sle mozeke fardinte é akouétinte. E sla mozeka ke fé shantâ la vèlyè, bâlye la zhué a teu le monde, é rin plu éjè le tin ke s'invoule.

Brusquement la musique change. Plus de charivari ! Accordéons, clarinettes, saxos : valses musettes !... Les danses commencent.

Le maire, raide dans un costume noir, ouvre le bal avec une superbe femme blonde, vêtue d'une longue robe rouge et blanche qui voltige autour d'eux, enveloppe le couple, flamboie au milieu de la piste. Les gens applaudissent. Les danseurs envahissent la piste.

Tous les jeunes de Pontcharra et des environs sont présents. Je les connais presque tous. Bien peu savent danser. Ni Zizi, ni Fontville, ni moi ne savons danser. Pourtant nous sommes tous là ! Comme des ballots, nous regardons les danseurs avec envie, en nous maudissant. Pourquoi ne danse-t-on pas ?

Quelques garçons dansent cependant, mais ils sont rares. En revanche, toutes les filles savent danser ! Je les connais pour la plupart depuis l'école. Maintenant ce sont des femmes ... Toutes plus belles les unes que les utres !

« T'exagères ! » me dirait Zizi. Pas sûr !...

Elles dansent toutes ! Elles bougent, rient, s'amusent et parlent, parlent... Habillées de robes multicolores, froufroutantes, ce sont des fleurs qui virevoltent dans la musique.

Les hommes, eux, piétinent au bord de la piste ! Beaucoup, habillés de sombre, trompent leur ennui en s'agglutinant au bar. Ils vident des bouteilles, se disputent, s'enivrent. . Quel étrange contraste ! Pourquoi ?....

Je vadrouille avec ceux qui, mi-riants, mi frustrés, essaient de faire bonne figure et traînent devant le bar. Je discute avec les uns et les autres, discute avec Polidor, qui se repose entre deux danses. Car lui, il sait danser et ne s'en prive pas !

Heureusement, la musique anime toute la soirée. Elle fait danser les danseurs, fait danser mon coeur. Ce ne sont que des flons-flons de bals, mais tout en parlant avec les uns et les autres, je suis porté par ces airs variés, entraînants. C'est cette musique qui enchante la soirée, inspire de la gaieté, rend supportable le temps qui passe.

Arive la minué. To lou grou, lou sarâ du petre, s'in môdan to vyè.

I rèste lou zhuéne, lou mordu, louz amouéro, mé onko lou trana-ku, lou borashon é « slou dla Viscamine », k'ouyissan plu la mozeka !

La Viscamine é on-na groussa uzena de sué k'é teuta d'artifiche. Tra mille ouvré, injényeu é inployè i lavoran é rèstan pe le pe grou dyin le « phalanstère » drèchè dvan la gâra. E on-na populachon teuta brodâ yo ke de Frinsé, d'Autrichin, de Poloné, dez Arabe, étan to a flan louz on louz ôtre, s'égruintan seuvin...

Chô vépre, on moué d'intre lo tranassan dvan le zingô. Lou sèrveu vouadan le botoye, rinplassan lou var. On môde kâzmin plu balâ. On brate teurzheu pi. Lou mzuchin bâlyon le « la ». Ô la la, kin drôle de « la » u bâlyon là ! .

Chô ke shantye, a le tyokè. U brate su la pèrtouzola. La vyourna kornanshe, le tronpete gabôlyan.

 L'aoula se brasse, kire, bourla de zheron.

Slou du sarviche s'émoushan. Tra dékapadyô forôlyan pe fâre modâ lé kontre le pourte slou ke tenyon plu dra. On-na botoya, shanpâ a teute fourche, s'ékrafanye su le koshon d'yon dlou tra. U péte bâ !

On Autrichin tyouk akape on-na felya Nouchi, s'apâre pe l'inbraché. La felya bourla. Touâne Alégre sote su le tyoukaton, ke tire fou on ketyô. Touane, pare le premyé kô, mé on dojéme lyi kréve le kolin. U tonbe pe tère avoué.

Lou gâpyan arivan.

Trô tâ ! U venyon de Shaparèyan. Ma ul an pâ vyu teuta la groussa pènyè, u son arapâ dyin la brodézon. To lou balyassu se bétan kontre lo. La maréshôsssâ se triye in aryé. Kô de seblè. Lou rkonso arivan : « Paniers à salade.» ! Polido é inbarkâ avoué lou darnyé batalyu.

Pindin teu chô tin, le pour Touane bâ pe tèra se vouade de son san. Kin a la fin ul é inportâ in vouateura, ul arive matya mo a l'ôpitô !

Arrive la minuit. Les notables, les collets-montés, s'en vont.

Restent les jeunes, les passionnés, les amoureux, mais aussi les traînards, les alcoolos et « ceux de la Viscamine », qui n'entendent plus la musique !...

La Viscamine est une énorme usine de soie artificielle. Trois mille ouvriers, ingénieurs et employés y travaillent et logent pour la plupart dans le « phalanstère » en face de la gare. C'est une population cosmopolite dans laquelle des Français, des Autrichiens, des Polonais, des Arabes se côtoient et se disputent souvent...

Ce soir, nombre d'entre-eux s'éternisent au bar. Les serveurs vident les bouteilles, emplissent les verres. On danse de moins en moins, on chancelle de plus en plus. L'orchestre donne le « la ». Oh là là, quel drôle de « la », il donne là !

Le chanteur a des hoquets, il titube sur la scène. L'accordéon détonne, les trompettes cafouillent.

La salle s'agite, hurle des invectives.

Le service d'ordre intervient. Trois géants essaient d'orienter vers la sortie ceux qui ne tiennent plus debout. Une bouteille lancée à toute volée, s'écrase sur la nuque de l'un d'eux. Il tombe.

Un Autrichien ivre attrape une fille Nouchi, tente de l'embrasser. La fille hurle. Toine Galègre saute sur l'assaillant qui sort un couteau. Toine évite un premier coup, mais le deuxième l'atteint au cou. Il tombe à son tour.

Les gendarmes arrivent.

Trop tard ! Ils viennent de Chapareillan. N'ayant pas suivi la montée de l'échauffourée, ils sont emportés dans la mêlée. Tous les fêtards se liguent contre eux. La maréchaussée bat en retraite. Coups de sifflets. Des renforts arrivent : « Paniers à salade ». Polidor est embarqué avec les derniers bagarreurs.

Pendant ce temps, le pauvre Toine se vide de son sang. Quand enfin il est emporté en voiture, il arrive mourant à l'hôpital !

Ma to mouz ami, de si stomakâ pe teu sin k'i se pâsse pretye. D'é pâ balyè de kô, mou konyâtu non plu... Pe ntron ami Polido, é pâ paryé. Lui, u pou pâ s'inpashé... Nz ôtre, la batoza de tyoukaton apré bére, on âme pâ sin. I nze fé pâ plézi. E pâ de la politika !

Lou bal ke venyon apré shanvasson to p'on-na batoza taribla !

Lou premyé ke son moutrâ du da, son « slou de la Viscamine », mé onko lou mzuchin du bal ke shanvassan le vèlyè teut a fé tyouk !

La mozeka, lya ke dèvre aplani to lou meu... loz i béte le fouè !...

E poué lez « entraîneuses » k'an fé loz aparichon, on sâ pâ kma, é ke se trepôlyan su la pertouzola, aguenyan to louz eume !...

On bri se trame : Lou mzuchin sarran payé pe lou boure proxô de Grenôble !

Lez « intranoze» son vrémin « intranante » ! U kminchmin de la vèlyè, le pourtan on-na grinda rôba de koleu é bin dépotralyè. Le balan in brassan le ku, pe de tango é de boléro.

Apré la minué, lo rôbe devenyon tan keurte k'on se déminde si yin a onko !...

Le balan intre lo, se saran in klyossin avoué grin plézi ma la byôssa.

Kôkez eume tâshon de montâ yô su la pèrtouzola. U son mandâ bâ pe lou grou bré du sarviche dlou mzuchin. U rmonyan, kiran, La mozeka se kéje. Lou mzuchin, le bâlérone s'étuèyan, le monde s'insôve.

Dyin la sman-na, le zhin ma fô dla vela remonyan. Lou grou tronyu an l'oféza in dedyin. De rapo déjan du mâ. Le kankaneri van ma de trinkè.

Le sindi, apêlâ, égruintâ, fé teu kakalyé, bal é féte. La mézon Vallouéra é sarâ pe ché ma.

La kmona é dèvnu le neuvyô moton né du départamin, La tan-na dlou gâpyan é tramâ de Shaparèyan, sé a Ponsharrâ, dyin la rota de la gâra, a do pâ de la mézon Vallouéra.

On darnyé bal é mantnu avan de teu sarâ...

Comme mes amis, je suis effaré par la tournure des événements. Je n'ai pas fait le coup de poings, mes copains non plus. Pour l'ami Polidor, c'est différent. Lui, il peut pas s'empêcher. Nous, la bagarre d'ivrognes ne nous intéresse pas. Ce n'est pas de la politique !

Les bals suivants se terminent tous par une bagarre dévastatrice !

Les premiers accusés sont « ceux de la Viscamine », mais aussi les musiciens de l'orchestre qui finissent les soirées complètement ivres !…

La musique qui devrait adoucir les mœurs... les embrase !...

Et puis les « entraîneuses » qui ont fait leur apparition, on ne sait comment et qui ondulent sur la scène, émoustillent les hommes !... Une rumeur court : l'orchestre serait soudoyé par des proxénètes grenoblois !...

Les « entraîneuses », elle, sont vraiment « entraînantes » ! En début de soirée, vêtues de longues robes colorées, avantageusement décolletées, elles dansent en roulant des hanches, des chas-chas et des boléros.

Après minuit, leurs robes raccourcissent tellement qu'on se demande si elles en ont encore !...

Elles dansent entre elles, s'étreignent en gloussant voluptueusement.

Des hommes tentent de monter sur scène. Ils sont repoussés par le service d'ordre de l'orchestre. Ils protestent, crient. La musique s'arrête. Les musiciens, les danseuses s'en vont, les gens se sauvent.

Dans la semaine, la population de la ville manifeste. Les bourgeois s'offusquent. Des rapports accusent. Les cancans vont bon train.

Le maire, interpellé, menacé, annule bals et fêtes. La maison Valloire est fermée pour six mois.

La commune devenant le nouveau point chaud du département, la gendarmerie est déplacée de Chapareillan à Pontcharra, rue de la gare, à deux pas de la maison Valloire !...

Un dernier bal est maintenu avant la fermeture...

7) Tou ke ve balâ, Mam'zèla ?

Darnyé desandre du ma d'ou, darnyé bal du shô-tin a la aézon Valouéra.

Nyon âran mankâ sl'okajon, a pâ Saugemere ! U môde jamé dyin lou bal. Dapoué ke sa fène é mourte ul âme rèstâ seulè, « Bin a la pâra », k'u di, sin pepâ on mo de plu. Ul âme myu gardâ sin k'ul apéle sa « Vya de vyu garson ».

L'aoula k'é teute almâ é borâ. Lou mzuchin yô su la pèr-touzola, fan on-na mozeka viva. Teurzheu ablyè in reuzhe é né, u balan teut in fachan la mozeka.

Lou balérou se konye su le planshi de bal ke parlingue. Trouyè louz on kontre louz ôtre, u trepenyan su pyé petou ke de balâ, mé réjon, s'amuzan, bèyan pou, parka ma ya pâ pro de plassa , ya pâ on-na tâbla, yin a slamin defou, yo ke la buveta é teu le tin konbla.

To slou ke sâvon pâ balâ, ke n'ouzan pâ, ou k'an pâ on-na bâlérona, i venyon, bartavélan, se tyoukan.

Ma ya pâ fôte de sava balâ dyin on paryé brode, de me kile su la pista u bré d'on-na damouézela.

De tenye on-na felya dyin mou bré ! L'é dossa, viva. Le dandine kontre ma, fé de risolè a sez ami in passan, le ri de teu son keu avoué lo. Son rire ! On-na vré mozeka ! E son sinbon ke sin la vyolete, kin de sintye se frirzete, me kou bâ u fon de l'âmre.

De me sintye byin. E pe chô boneu itye, ke balouryin ou pâ balouryin, to venyan balâ itye. E l'èspéra de teni on-na brâva fèna dyin lo bré ke lou tegone. Si ul arivan a teni on-na brâva fèna kontre lo, u se tapan plu.

62

7) Voulez-vous danser Mam'selle ?

Dernier samedi d'août, dernier bal de l'été à la Maison Valloire.

Personne n'aurait manqué cette occasion, sauf Saugemerle ! Il ne fréquente jamais les salles de bal. Depuis la mort de sa femme, il aime la solitude, « la tranquillité », dit-il, sans ajouter un mot et préfère garder ce qu'il appelle sa « vie de vieux garçon ».

La salle, tout illuminée, est comble. L'orchestre, joue une musique entraînante. Les musiciens, toujours rouges et noirs, dansent tout en jouant.

Les danseurs se pressent sur la piste illuminée. Serrés les uns contre les autres, ils trépignent sur place plus qu'ils ne dansent, mais rient, s'amusent, boivent peu, car faute de place, aucune table n'est installée, sauf à l'extérieur, où la buvette ne désemplit pas.

Tous ceux qui ne savent pas danser, qui n'osent pas, ou n'ont pas de cavalière, s'y retrouvent, bavardent, s'enivrent.

Comme il n'y a pas besoin de savoir danser dans une pareille mêlée, je me hasarde sur la piste aux bras d'une cavalière.

Je tiens une fille dans mes bras ! Elle est douce, vive. Elle ondule contre moi, sourit à ses copines en passant, rit de bon coeur avec elles. Son rire ! Une vraie musique ! Et son parfum de violette, quand je frôle ses frisettes, me descend au fond de l'âme !...

Je me sens bien. C'est pour ce bonheur-là que, danseurs ou pas danseurs, tous viennent au bal. C'est l'espoir de tenir une belle femme dans leurs bras qui les anime. S'ils parviennent à garder une femme près d'eux, ils ne se battent plus.

Ya pa poué ke la mozeka pe plakâ lou sargan, ya onko l'amou... Mé l'amou môde tan byin avoué la mozeka !

La balourya se fèrme, la mozeka s'aréte. Ma bâlérona s'insôve. Lou bâléru s'étuèyan to. On-na mazurka lou fé rvni insin. Ma bâlérona rvin pâ. D'é pa du lyi fâre vriyé la téta i... On-n'ôtra damouézele é a flan de ma.

- Tou ke ve balâ, Mam'zela ?
- Vouè ! rpon la brâva ptyouta.

On se béte a balâ dyin lou bré yon de l'ôtre. L'é pro brâva, a on-na fgeura jintya, é para pro m'âmâ, parka le revon dyin mou bré k'in fô onko balâ.

Ne rèstin insin teuta la vèlyè. Ne babelin pou, ntrou ju babélan pe nz ôtre.

Sou ju m'argâdan, me traforan. Ma de mire lou sine ; do lé teu klyâ ke me karechan avoué plézi. Ul an de kô de lmyére maron, teu frinzhè de zhône. Le né de la pupelya é argrindi, sin fon. De vodre étre pardu dedyin. E dla fizika !

Le s'apéle, Renée.

- Ma, de si Dyan... Mé fô s'étuèyé, ke de déje, kin lou premyé akrô s'émoushan u fon de l'aoula. U son lou kminchmin dle batoze é ul arétan teu le bal.

N'alin fou insin. Zizi môde daryé nz ôtre, Fontville avoué. Lui, l'anchin dyanbayâ ke m'a patlâ apré lez ôtrefa dyin lou maryé du Coisetan, pou pa inkoti le batoze.

I fé sâra nué, pâ on-n ârma dyin la vela.

- De mô teurnâ lé avoué mon frâre, ke di la bravouna, ne sin pâ onko shé nz'ôtre !
- Tou ke ve rèstâ luin ?
- Ne sin a Barrault, ke le rpon.
- On mode avoué vo !... Si ve volyé ! ke de déje, teu balordi de mon toupè !

Le vo byin !

- Nez ôtre, ne rèstin to a Vlâ-Béné !...Ma, de rèste rota du Clément !

Teuta la klika môde étueuyé la prinsèssa shé lya !

Ce n'est pas seulemnt la musique qui adoucit les moeurs, c'est l'amour... Mais l'amour s'accorde si bien avec la musique !

La danse s'achève, la musique s'arrête. Ma cavalière s'échappe. Les danseurs se dispersent. Une mazurka les ramène. Ma danseuse ne revient pas ! Je n'ai pas dû l'impressionner... Une autre jeune fille est près de moi.

- Vous dansez Mam'selle ?
- Oui ! répond la belle.

On danse dans les bras l'un de l'autre. Elle est jolie, a un air gentil et parait s'intéresser à moi, car elle revient volontiers dans mes bras à chaque nouvelle danse.

Nous restons ensemble toute la soirée. Nous parlons peu, nos yeux, parlent pour nous.

Ses yeux me scrutent, me sondent. Moi, j'admire les siens : deux lacs limpides qui me caressent tendrement. Ils ont des reflets marron, ourlés de jaune. Le noir de la pupille est immense, profond. Je voudrais me perdre dedans. C'est magique.

Elle s'appelle Renée.

- Moi c'est Jean... Mais partons d'ici, dis-je, quand les premières escarmouches commencent au fond de la salle, annonçant le début des bagarres et la fin du bal.

Nous sortons ensemble. Zizi nous suit, Fontville aussi. Lui, l'ancien garde-champêtre qui m'a coursé autrefois dans les marais du Coisetan, ne supporte pas les bagarres.

Il fait nuit, la ville est déserte.

- Je vais rentrer avec mon frère, dit la belle, nous ne sommes pas encore chez nous !
- Vous habitez loin ?
- Nous sommes à Barrault, répond-elle.
- On vous accompagne !... Si vous voulez bien ! Dis-je, tout surpris de mon audace !

Elle veut bien !..

- Nous, nous habitons tous à Villard-Benoît !... Moi, j'habite rue du Clément !...

Toute la bande raccompagne la princesse chez elle !

8) On shassu amouéro

Le luindman, dminzhe, premié kô de shassa pe lou kok avoué mon fozi nouve !

- Te varé, é pâ poué si éjè ! Me shanpe Saugemerle taguè.

L'ârba du zheu é pâ onko arvâ. Le tin é fré, molyanshu, mé le sarvyô é klyâ !

To lou do su ntron vélô, ne pédalin tan k'in Alavâ ; Ne léchin ntrou bregue a lou tèrme, é ne kanbin in modan dra yô tan k'a la Farira.

On ko yô, ptyou kâssa-kruéte « su le puzhe», poué on s'émoushe tan k'a yô dsu Pinsot.

On môde shakon de ntron flan, é on se béte yô u mintin dla konba.

Kashè dyin lez arkosse, de forôye mon pâ de tri a randa on ptyou ryu : lou kok venyan pro kontre l'éga.

Achètâ su on kalyo de bona volya, mon fozi su lou zhnyo, d'avèlye lou bouésson, lou rplyi, lez arpe.

Mé la sovnyansa dla brâve Rnée brode le payi. Lou bouésson s'invoulon dzeu on brâve rizolè, de ju amouéro, onna déguéna dondolanta. « Â ke l'é brâva ! », de me déje. « E poué jintya, sin fasson !...».

De la véye onko dyin mou bré, u mintin dle zhin. Louz ôtre kontyon plu. De si seulè avoué lya. L'é itye, kontre ma, sin gônye, tan plana de vyè...

Kma teu é modâ vite ! E on-na vréta seurpraza !... De m'i atindyéve pâ !... On-na fèna dyin mou bré ! De savin pâ lamin ka yéta !...

Teu pron kô, on frou-frou d'âle. On kok ?... Ul é dézha vyè al voule !... « Marda, de l'é mankâ ! », ke de me déje teu éryi.

8) Un chasseur amoureux

Le lendemain, dimanche, première chasse aux coqs avec mon fusil neuf !...

- Tu verras, c'est pas si facile ! Me lance Saugemerle goguenard.

Le jour se lève à peine. L'air est frais, humide, mais l'esprit est clair !

Tous deux sur notre vélo, nous pédalons jusqu'en Allevard. Nous laissons nos bicyclettes aux thermes et montons à pied jusqu'à la Ferrière.

Là, petit casse-croûte « sur le pouce », puis nous continuons jusqu'au-dessus de Pinsot.

On se sépare et on prend position à mi-pente dans la combe.

Camouflé dans les arcosses, j'établis ma place de tir à côté d'un petit ruisseau : les coqs sont attirés par l'eau...

Assis sur une pierre de bonne volonté, mon fusil sur les genoux, je surveille les buissons, les fourrés, les alpages.

Mais le souvenir de la belle Renée brouille le paysage. Les buissons disparaissent sous un doux sourire, un regard langoureux, une démarche ondulante. « Ah, qu'elle est belle ! », me dis-je. « Et sympa, sans manière !... ».

Je la revois dans mes bras, au milieu de la foule. Les autres ne comptent pas. Je suis seul avec elle. Elle est là, tout contre moi, si simple, si vivante...

Comme tout est allé vite ! C'est si surprenant ! Je ne m'y attendais pas ! Une femme dans mes bras ! Je ne savais pas ce que c'était !

Tout à coup, un froufrou d'ailes. Un coq ? Il est déjà envolé !... « Merde ! Je l'ai loupé ! », me dis-je avec humeur.

De me brasse su ma pyéra, me trame le ku, étulye me plôte, drèche mon fozi é rakape avoue grin plézi la brâva Renée dyin mou bré.

Ma le m'a de d'on bon é jintyè «Vouè ! », kin de lyi é propouzâ de modâ onko avoué lya !... E sa fasson a lya de m'argadâ !... De revéye sou grin ju klyâ. E kin l'a apondu : « De si avoué mon frâre ! ». Â ! Sa voué, on-na vré mozeka !... Le babéle avoué son keu ! L'a son keu su le pôte... E se pôte ma de rouze !...

Pan ! On kô de fozi lé d'avè. Saugemerle ? D'on kô de si yô. D'é l'invyè d'apèlâ, mé fô pâ. D'avèlye le déripe. De véye ryin.

E si de montâve pe yô, itye, juste su chô aplan ? De kile mon fozi dzeu le bré, me triye yô d'on-na man su on-n'akossa, fache on pâ : « frou-frou, frou ! ». de kô d'âle afaroushè ! Poué plu nyon. Trô tâ !

A mizheu, achètâ dyin lez èrbe ke sintyan bon, ntra botoye de reuzhe a flan de nez ôtre, ne fachin le totayu.

Ul é vite fé !

- Bréan ! kire Saugemerle.

- E tou ta k'a triyè ?

- Vouè ! On kok, Mé de l'é mankâ ! Ul é passâ ma on éluid intre do sorbyé. D'é shanpâ on kô u azâ... Bréan, mé... pe le momin ! On a poué onko teu l'apré-mizheu !

- E pâ si bon ! ke de déje

- Vouè, é vré !... On âre du va mé de kok chô matin !... Portan, u se tenyon dyin le déripe, yo k'on éta !... E ta, tou ke t'in â vyu ?

- Ma de louz é pâ vyu, mé de louz é ouyi, ke de déje d'on è mokerin. Te sâ pâ ?... I nze fodre on shin ! On shin d'aréta, on shin pe la pleuma.

- Â, é cheû k'i sârre myu ! Lou pe bon é lou brake ! E onko, lou brake hongrois. Para k'u son inponyâble. Bon su to lou tarô, é vi, é teu !

- Lou Giffon Korthals, son pâ mâ non plu, te sâ. D'é ouyi n'in bablâ le Vautier k'in a yon. Ul in é pro kontin. U sâvan obyi.

68

Je remue sur ma pierre, change de fesse, allonge mes jambes, relève mon fusil et reprends8, avec délices la belle Renée dans mes bras.

Comme elle m'a dit gentiment « Oui ! », quand je lui ai proposé de la raccompagner ! Et sa façon de me regarder !... Je revois ses grands yeux clairs. Et quand elle a ajouté : « Je suis avec mon frère » ! Ah ! Sa voix, une musique !... Elle parle avec son cœur ! Elle a son cœur sur les lèvres... Et ses lèvres roses !...

Pan ! Un coup de fusil lointain. Saugemerle ? D'un bon je me lève. J'ai envie d'appeler, mais il ne faut pas. Je scrute les pentes... Rien !

Et si je montais un peu plus haut, là, juste sur ce re-plat ? Je mets mon fusil sous le bras, me tire d'une main sur une arcosse, fait un pas : « Frou, frou, frou !... ». Des coups d'ailes rageurs ! Puis, silence. Trop tard !

A midi, assis dans les herbes odorantes, notre bouteille de rouge à côté de nous, nous faisons le point.

Il est vite fait !

- Bredouilles ! s'exclame, Saugemerle.

- C'est toi qui a tiré ?

- Oui ! Un coq. Mais je l'ai loupé ! Il est passé comme un éclair entre deux sorbiers. J'ai lancé un coup au jugé... Bredouilles, mais... pour le moment ! On a encore tout l'après-midi !

- C'est moins bon ! Dis-je.

- Oui, c'est vrai !... On aurait dû voir davantage de coqs, ce matin !... Pourtant, ils se tiennent dans les pentes, là où on est ! Et toi t'en as vu ?

- Moi, je les ai pas vus, seulement entendus ! déclarè-je d'un ton sarcastique. Tu sais pas ?... Il nous faudrait un chien ! Un chien d'arrêt, un chien pour la plume !

- Ah, c'est sûr que ce serait mieux !... Les meilleurs, ce sont les braques ! Et encore, les braques hongrois. Parait, qu'i sont imbattables. Bons en tous terrains, et vifs, et tout !

- Les Griffons Korthals, sont pas mal non plus. Vautier qui en a un, m'en a parlé. Il en est content. Il est obéissant.

- Ô sin, pe sava obyi, i vin teu de la fasson k'on lou drèche, kire Saugemerle. T'akape on bâtardon, si te sâ le drèché, ul ékute ôtan k'on ôtre !

- Vouè, i se pou bin....Louz épanyeul breton, para k'u son bon avoué.

- Avoué teu sin, t'â pâ pochu triyé avoué ton fozi ! kire Saugemerle.

- E nè, déje avoué argré, mé d'in é provâ on ôtre ! Fourastier, k'é on bon makinyon...

- Ô, ul é mé ke sin !

- Vouè, é vré, dejin, k'ul a le keu su la man, m'a balyè de karteushe a brôshe.

- Â bon ? Pe ka fâre ?

- D'é shanvi p'artreuvâ le vyu fozi a brôshe du pâre Carraz ! Ul éta dyin sa vyéya mâla u poutan ke d'avin jamé uvèrta. De l'é nètyè, u parchéve bon. D'é triyè on-na karteusha daryé shé ma : la fmyére é parti pe daryé ôtan ke pe devan ! D'é pâ rkminchè !

- Â, Â ! Ul a pra dla trinbla ! E poué pâ fyâble, i se va pâ, mé kin te tire t'é bin seurpra !

On babèlere de sin teuta la nué ! Mé iustamin, le salua é bâ. I nze fô modâ bâ. On rakape ntrou do vélo k'on kanbe al voule.

- I nze fô fâre vite avan la nué ! Kire Saugemerle... Fé ryin, de volyéve modâ var la Maryon !... K'u di. I sara poué p'on ôtre kô !

To do, sin lmyére, on tourne sé a Pontsharrâ. Le rote son vouade, le vin nze vin kontre, i nze fô pédalâ deû. La shasse a pâ étâ bona, mé yâra bin d'ôtre kô.

Lou zheu d'apré, de me déméne pâ poué tan parka le delyon de fache on-n'ôtre inôgurachon : sela dle « Papetri de Frinsa ».

- Oh, ça, l'obéissance, ça dépend de la façon dont on les dresse, s'écrie Saugemerle. Tu prends un bâtard, si tu sais le dresser, il t'écoute autant qu'un autre !

- Oui, ça se peut bien... Les épagneuls bretons, parait, sont bien aussi.

- Avec tout ça, t'as pas pu essayer ton fusil ! s'exclame Saugemerle.

- Eh non, dis-je avec regret, mais j'en ai essayé un autre ! Fourastier, qui est très commerçant...

- Oh, il est plus que ça !

- Oui, c'est vrai, disons, généreux, m'a donné des cartouches à broche.

- Ah bon ? Pour quoi faire ?

- J'ai fini par retrouver le vieux fusil à broche du Père Carraz ! Il était dans sa vieille malle au grenier que j'avais jamais ouverte. Je l'ai astiqué, il semblait en très bon état. J'ai tiré une cartouche derrière chez moi : la fumée est sortie par derrière autant que par devant ! J'ai pas recommencé !

- Ha, Ha ! Il a dû prendre du jeu ! C'est traître, ça se voit pas, mais quand tu tires t'as des surprises !

On parlerait jusqu'à la nuit !... Mais justement, le soleil baisse. Il nous faut descendre. On retrouve nos vélos qu'on enfourche en hâte :

- Faisons vite avant la nuit ! s'écrie Saugemerle. Tant pis, je voulais passer voir la Marion !... Ajoute-t-il. Ce sera pour une autre fois !

Tous deux sans lumière, nous rentrons à Pontcharra. Les routes sont désertes. On pédale dur. La chasse n'a pas été bonne, mais il y aura bien d'autres parties...

Les jours suivants je ne m'active pas trop, car lundi je fais une autre inauguration : celle des « Papeteries de France » !

9) Kontramétre al « Papetri d'Frinsa »

Lou premyé kampô payè betâ a la votachon in 1936, (groussa vyè a Léon Blum) an shanpâ fou louz ouvré de loz uzene.
U varkouinâvan a travè teu le payi, fachévan la bonbansa dzeu lou maroni, shantâvan su le plasse, le tarasse, lou prâ de fare. Soulâ ma de bin-néro, ul avan betâ lo krué u bon è, pra lo fène dyin lo bré é avan balâ avoué lya teu le shôtin.

Mé a la shin-Mshé, la rpraza a étâ deura. L'uzena, déléchè pin-din lou kanpô, a étâ dolyinta é inbyârâ. Fachéve pâ bon rakapâ dyin slou tin.
On-na gréva s'ét émoushè. Louz ouvré an pâ to étâ d'ako : y ava slou k'étan d'ako pe fâre gréva, é louz ôtre.
Le kontramétre Burdin éta pâ de slou darnyé. Erye, rmo-nyin, ul éta pâ âmâ dyin l'uzena. Krèyin rtreuvâ bona fgueura, ul a pra le sotin dla gréva.
Ul a shapitolâ louz ouvré, loz a fé on sotin, louz a possâ a se batayé kontre on mouvé patron.
Ul a tan fé, k'ul a étâ vouadâ ma yon é yon fan do é ul é modâ fou de l'uzena sin rshanyé.
Landry, le dirèkteu, m'apéle dyin son burô, sâre la pourta, me fé achètâ dvan lui, é m'argadan dra dyin lou ju, me shapitôle
- Chô kô i vé, d'é on bon travé par ta. Te vé te betâ in plasse de chô teupin de Burdin !
- Ka ? rinplaché le kontramétre ?... D'é pâ pochu m'arteni de zhapa.
- Vouè, vouè, te faré bin myu ke lui ! De me fiye a ta !
Bacheû, d'âme pâ grou chô Burdin, mé akapâ son poste juste apré la gréva ! Apré k'ul a étâ vriyè !... D'on-na voué gre-volinte, de rpondye :

9) Contremaître aux « Papeteries de France »

Les premiers congés payés votés en 1936, (vive Léon Blum !) jetèrent les ouvriers hors de leurs usines.

Ils circulaient à travers le pays, festoyaient sous les marronniers, chantaient sur les places, les terrasses, les champs de foire. Enivrés comme des bienheureux, ils avaient sorti leurs gosses au grand air, pris leur femme dans leurs dans leurs bras et avaient dansé pendant l'été.

Mais à l'automne, la rentrée fut dure. L'usine délaissée pendant les congés parut morne et ennuyeuse. Les conditions de la reprise n'étaient pas bonnes.

Une grève éclata. Les ouvriers se divisèrent : les partisans de la grève et les autres.

Le contremaître Burdin n'était pas de ces derniers. Acariâtre, hargneux, il n'était pas aimé dans l'usine. Pensant retrouver du crédit, il prit fait et cause pour les grévistes.

Il harangua les ouvriers, les soutint, les exhorta à lutter contre un patronat exploiteur.

Il fit tant, qu'il fut licencié sans autre forme de procès et quitta l'usine sans demander son reste.

Landry, le directeur, me convoque dans son bureau, ferme la porte, et me regardant droit dans les yeux, me déclare :

- Cette fois, ça y est, j'ai un bon travail pour toi : tu vas remplacer ce tordu de Burdin !

- Quoi ? Remplacer le contremaître ?... La question m'échappe malgré moi...

- Tu feras bien mieux que lui ! Je compte sur toi !

Je n'aime guère Burdin, mais, prendre sa place après la grève, juste après son licenciement !... D'une voix mal assurée, je réponds :

- Sin ke ve me djé, me fé grin plézi... Mé de pouéche pâ dire vouè !

- Parka ? Me déminde Landry d'on è amoshe. Katou k'i vé pâ ?...

- De pouéche pâ me betâ a sa plassa ma sin... U vin d'étre vriyè... Lou ôtre van dire ke de si on kokou !

Akapin louz doz inklinatouâre de sa bodoza, Landry rebéke :

- De vodre bin ouyi sin, pe de bon ! E poué, te markore pâ pe sin ke déblatan louz ôtre ! Léche-lou zhapâ !

- U son to de zhin ke de konyoche ! U son louz ouvré ke me fôdra kmindâ ! Ma fâre, si u me krèyon pâ ?

Le paton s'abade yô, vire teu plan uteur de son burô, le minton dyin on-na man.

- Vouè, d'aparchave !... T'â trô de konchinsa, mon garson, mé modin...T'â rézon, on vé mzantâ kôke tin... De mô pâ te betâ in poste du kô... De mô anonché ke te lavore in plasse du kontramétre, pe le momin, mé k'é pâ cheû. Poué on véra bin apré !
.

De tourne shé ma teu dévarolyè.

De tonbe nâ a nâ su Polidor ke tin do lapin pe lez oureulye. Ul a kila on-na sourta d'abilyamin pe passâ inkonyitô dzeu le nâ de to lou lapin du molâ.

- Ô ! konplemin, mon brâve ! Yo-tou ke te louz â triyè slouz-itye ?

- Mé, teu juste itye dyin le molâ, rpon du beshè du bé le brakô, poué ul apon :

- De louz é pâ triyè, juste...

D'on kô preste, Polidor moutre k'ul louz a akapâ a la kolan-na.

De n'in babéle pâ mé... De lyi propouze de vni yô bére on kô de blin. On s'achéte. On babéle de teu é de ryin, poué de lyi déje teut a trake :

- D'é fakya d'abo kôkaryin ke nze fôdra arouzâ. Te sâ pâ, Landry vo me passâ kontramétre.

74

- Ce que vous me dites me fait très plaisir... Mais je ne peux pas accepter !

- Pourquoi ? Questionne Landry d'un air surpris. Qu'est-ce qui ne va pas ?

- Je ne peux pas prendre sa place comme ça... Il a été licencié... Les autres vont dire que je suis un profiteur !

Landry empoigne les accoudoirs de son fauteuil et réplique :

- Je voudrais bien entendre ça, par exemple ! Et puis, tu t'en fiches de ce que disent les autres ! Laisse-les dire !.

- Ce sont des gens que je connais ! Ce sont les ouvriers qu'il me faudra commander ! Comment faire, s'ils ne me considèrent pas !

Le patron se lève, fait lentement le tour de son bureau, le menton dans une main.

- Oui, je comprends !... Tu as trop de scrupules, mon garçon, mais passons... Tu as raison, on va attendre quelque temps... Je ne vais pas te nommer tout de suite. Je vais annoncer que tu ne fais qu'un remplacement provisoire, puis on verra bien après !...

Je rentre chez moi l'esprit perturbé.

Je croise Polidor qui tient deux lapins par les oreilles. Il a revêtu une sorte de tenue de camouflage, sans doute pour passer incognito sous le nez des lapins du coteau.

- Oh, félicitations, mon cher ! Où les as-tu tirés ceux-là ?

- Mais, juste dans le coteau, répond évasivement le braconnier, puis il ajoute :

- Je ne les ai pas tirés, juste...

D'un geste rapide, Polidor montre qu'il les a pris au collet.

Je n'insiste pas,. Je lui propose de monter boire un coup de blanc. On s'assied. On parle de choses et d'autres, puis je lui dis tout de go :

- J'ai peut-être bientôt quelque chose à arroser... Tu sais pas, Landry veut me nommer contremaître...

Polido fé oka ! U béte bâ de travè, s'abade yô, arape sou lapin dyin se man é se triyin lé kontre la pourta - juste yo ke traz an devan u m'ava propouzâ de fâre sez fablouloze almete de kontrabinda - érye, u rmonye avoué morga :

- Si te dévin kontramétre, t'é pardu pe la brakona !
- Pâ si de « brakone » ôtramin ! ke de rpondye.
- De babèleri, de babèlri ! T'é pardu, de te déje ! Kontramétre, te vé fâre modâ louz ôtre, égruintâ lou trana-ku, rmonyé a teu momin : le revin I le revin ! ... Te saré on vré gârda-chiourme !
- De sara pâ on garda-chiourme : T'in fé pâ !
- On babéle ma sin, on babéle ma sin !... Te saré on-na sourta de « juteux » !... Ma, dyin la légyon de pochéve plu lou akoti !

Polidor se kile on-na sigareta su le pôte, uvre la pourta é môde defou, lez épale bâsse.

De rèste inpinsyéri. De m'atindyéve pâ a sla rbékâ... Mé ul a fakya pâ teu fô...

Le gârde-chiourme... Né, pâ poué sin kin méme !... Louz ouvré son pâ lou galéryin ... Mé fô organijé lor ouvra, poué la vèyé... Fâre le kapô, teut in rèstan de lo flan ... Pâ tan éjè !

« Dyan vé passâ kontramétre !... Dyan vé passâ kontramétre !...»

La neuvéla s'é épatuzhè dyin l'uzena, de sé pâ kmè l'a fé !

Lou premyé mokran an pâ mzantâ :

- T'akape de galon, para ! T'â poué payè bin shé te sardene ? ...

Mouz afutyô de travé an étâ vyè de l'ablyoramin... D'é lavorâ on zheu avoué le nipe de la vela.

- Te lavôre in dminzhe, voui !... E la féta !... Atinchon, te vé te mâsherâ !

De rpondye ryin. De léche déblatèrâ. I me fé ryin. Bacheû, d'in pepe pâ on mo a Landry, mé d'ôtre an fé le zharike !

Polidor a un haut-le-corps ! Il avale de travers, se lève, attrape ses lapins et se dirigeant vers la sortie - là où trois années auparavant, il m'avait proposé ses fameuses allumettes de contrebande - il rugit dédaigneusement :

- T'es perdu pour la braconne, si t'es contremaître !
- A moins de « braconner » autrement ! répondis-je.
- Des mots, c'est des mots ! T'es foutu, j'te dis !... Contremaître, tu vas faire filer les mecs, engueuler les tire-au-cul, râler à tout bout de champs, le rendement ! Le rendement !... Un vrai garde-chiourme !
- Je serai pas un garde-chiourme ! T'en fais pas !
- On dit ça, on dit ça !... Tu seras une sorte de juteux. Et je les connais les juteux ! A la légion, je pouvais plus les encadrer !

Polidor se plante une cigarette au coin des lèvres, ouvre la porte et sort, les épaules basses.

Je reste pensif. Je ne m'attendais pas à cette réaction.... Mais il n'a peut-être pas complètement tort...

Le garde-chiourme, non, pas ça tout de même ! Les ouvriers ne sont pas des galériens !... Mais il faut organiser leur travail, puis le contrôler... Faire le chef, tout en restant de leur côté... Pas si facile !

« Jean va passer contremaître !... Jean va passer contremaître !... »

La nouvelle s'est répandue dans l'usine, je ne sais pas comment.

Les premières moqueries ne tardèrent pas :

- Tu prends du galon paraît ! T'as payé combien tes sardines ?...

Mes vêtements de travail disparurent du vestiaire.... J'ai travaillé un jour en tenue civile.

- Tu travailles en dimanche aujourd'hui !... C'est la fête !... Attention, tu vas te salir !

Je réponds rien. Je laisse dire. Je m'en fiche ! Bien sûr, je ne rapporte rien à Landry, mais d'autres s'en chargent.

On matin, u me fé montâ yô dyin son burô. Me moutre on-na lètra :

- Argâde sin ke d'é rchu !

D'akape la lètra. E on ptyou papyé d'ékoula, yo ke son grefenyè kôke lenye, trachè in grousse ékorteura. De léje :

« *Monchu le Dirèkteu,*
Ve volyé balyé le poste de kontramétre a on ptyou ouvré
ke vô pâ sla promochon. Yin a ke son plu anchin ke lui é ul ârran
du passâ avan lui. U farran bin myu l'afâre ».

- On-na lètra pâ senyè ! Kire Landry. Te va k'ul an pâ de keu !

Le patron môde de sé de lé. Sou talon tapan le planshi. U s'aréte dra dvan ma :

- Yin a de pe vyu ke ta dyin l'uzena, é cheû, mé u son pâ bon ma ta !... Kontramétre ! E pâ on poste pe lou pe vyu !... Nè, nè ! E on-na balordiza sla panossa, de mô surteu pâ i fâre atinchon. Ta, te môde ton shmin, te fé ma si yava ryin é u se kéjeron bin !

D'é fé ma Landry volyéve é de m'in si poué bin dépatrolyè.

Dyin mon travé, d'é pâ ayo d'inbyâre ! D'organije ôtramin l'ouvra. De fache kanbyâ lez ore de travé, sin ke s'éta jamé fé dyin l'uzena. De rossa à mantni on-na bone intinta pe s'édâ é pe ke to chuchan kontin.

Adon, é pa poué pe slou de ma klika ke d'é éta atakâ. Teut a l'invèrsa, u m'an teurzheu aparâ. Ul an myu lavorâ ke louz ôtre é a shâpou, mouz ouvré an étâ slou k'étan lou premyé dyin l'uzena.

On matin, Jacky me vin kontre é u me shapitôle avoué on è de doz è :

- Te sâ, le sindika é pâ kontin dlez ore ke t'â fé fâre dyin l'uzena.

Un matin, il me convoque dans son bureau, me tend une lettre :

- Regarde ce que j'ai reçu !

Je prends la lettre. C'est un simple papier d'écolier, sur lequel sont griffonnées quelques lignes, en gros caractères. Je lis :

« Monsieur le Directeur,

Vous voulez donner le poste de contremaître à un simple ouvrier qui ne mérite pas cette promotion. Il y en a qui sont plus anciens que lui et qui devraient passer avant lui. Ils feraient bien mieux l'affaire ».

- Une lettre anonyme ! S'écrie Landry. Tu parles de courageux !

Le patron marche de long en large. Ses talons frappent le plancher. Il s'arrête face à moi :

- Il y a des plus anciens que toi, c'est sûr, mais ils ne te valent pas !... Contremaître ! C'est pas un poste à l'ancienneté ! Non ! C'est une bêtise ce torchon, je ne vais surtout pas en faire cas. Toi, tu continues, tu fais comme si rien n'était et ils comprendront !

J'ai fait comme Landry voulait et m'en suis bien trouvé.

Dans mon équipe, je n'ai pas eu de problèmes ! Je réorganise les postes. J'autorise des aménagements d'horaires, ce qui ne s'était jamais fait dans l'usine. Je réussis à instaurer un bon esprit de coopération entre tous.

Aussi, n'est-ce pas eux qui m'attaquèrent. Au contraire, tous me défendirent. Leur rendement s'améliora et peu à peu mon équipe fut considérée comme la première de l'usine.

Un matin, Jacky, s'approche de moi avec un air de conspirateur :

- Tu sais, le syndicat est pas content des horaires que tu as aménagés.

- Â bon ? Portan, i ékâre teu le monde !

- Nè ! Pâ slou ke son pâ dyin ta klika.

- Mé, u son pâ potringâ !

- Justamin... Pe shanvi, fodre ke te vnyisse a on-n amouélâ...

- De si pâ u sindika !

- Fé ryin, fé ryin, vinz-i kin méme !

De m'atindyéve a on-n'égruintâ... De m'étin pâ pouétronpâ !

L'amouélâ a brassâ. Ul an betâ teu in l'è. De fachéve onna difrinsa pâ bona intre louz ouvré, de fachéve de privôtâ, de fachéve kratre la nira intre le katégori dla sosyètâ.

D'é éssèyè de shapitolâ, de balyé de rézon. D'é propouzâ de fâre paryé pe louz ouvré de teute le klike.

- I sâre byin, si to pochévan fâre du méme é ava sin k'é myu par lo ! E myu de triyé l'ouvre pe le yô, petou ke de la fâre modâ dra bâ ! Ke de déje avoué keu.

On a mzantâ, on a fé de dékonteur, a la fin a ryin pochu se fâre ! ....

La propozichon venive pâ du sindika, l'a pâ étâ praza. Eta pardu in avan.

U m'an kmandâ de rbetâ lez ore ma avan. D'é arfozâ, d'é shanpâ a slou du sindika k'ul étan de « réakchonére » é d'é fotu mon kan in fachan pètâ la pourta...

- Ah bon ? Pourtant, ça arrange tout le monde !

- Non ! Pas ceux des autres équipes !

- Mais, ils sont pas concernés !

- Justement... Enfin il faudrait que tu viennes à une réunion.

- Je suis pas syndiqué !

- Tant pis, tant pis, viens quand même !

Je m'attendais à une engueulade. Je ne m'étais pas trompé.

La réunion fut houleuse. Ils mirent tout en cause. Je créais une discrimination entre les ouvriers, faisais des privilégiés, augmentais les tensions entre les catégories sociales.

J'essayai de discuter, d''argumenter. Je proposai d'étendre ce régime aux autres équipes.

- Ce serait mieux si tous pouvaient avoir les mêmes avantages ! Il est préférable de tirer les conditions de travail vers le haut, plutôt que vers le bas ! Dis-je avec conviction.

On hésita, on tergiversa, finalement rien ne fut possible...

La proposition ne venant pas du syndicat, elle fut rejetée. La cause était perdue d'avance.

Je fus sommé de restaurer les horaires antérieurs. Je refusai, traitai les responsables de « réactionnaires » et je partis en claquant la porte...

10) On rvinz-i d'amou

Plu pâ on bal a Pontsharrâ ! Markorinsa ! ... Ma fâre pe var la Rnée ?

Lya avoué da s'inpinsyéri !... E poué slamin sin ke de me déje... sin sava si é vré !...

De la véye in réve. D'espére ke le me va avoué in réve, mé kma in étre cheû ? De me fache seuvin de mâ avoué sla folanshri : « Tou ke l'a plu ma sovnyinsa fakya ? ».

Ma ke sâ pâ balâ - pâ onko, parka fodra bin ke de m'i betisse - de kou to lou bal de to l'uteur dyin l'espéra de l'inkontrâ... sin jamé rossi.

On zheu, on-na lètra dyin ma scatola. Le vin sé de Barrault. Kô u keu ! D'uvre :

« De sara shé ma gran-mâra dyin l'albèrzhe Granger dle Molete, dyin la dminzhe ke vin. A d'abo. de pinse a ta. Renée ».

La Rné ! Ppâ trô tou !... Le Molete son a do kô de pédâle de Vla-Béné... Le sarran a sin ou mil k'i sarre teu du méme !

La dminzhe, shé la gran-mâra, la Rné prezinte teu le monde.. De dèje bonzheu a to. Le gran-pâre nez ufre a bére, la gran-mâre apourte lou gâtyô. Sla prémyéra vzeta é pro amabila.

Portan, a pana k'on a pochu, la Rné é ma ne nez èskapin...

On dâroule to do, seulè é seulete a travè lou prâ, dzeu lou bouésson d'akashon, dzeu louz âbre. Kin dosse pètâ, kinte tindre kareche, avoué teute le fyanfyourne dlou mèrle é dlou rossinyolè. Kin grin boneu on a sintu chô zheu. On boneu neuvyô, sin fasson, k'on a invyè yon ma l'ôtre de gardâ pe no do.

10) Un rendez-vous d'amour

Plus un bal à Pontcharra ! Désolation ! Comment voir Renée ?

Elle aussi doit s'inquiéter !... Du moins c'est ce que je me dis !...

Je rêve d'elle. J'espère qu'elle rêve à moi, mais comment savoir ? Je me torture avec cette idée folle : « Elle m'oublie peut-être ? ».

Moi qui ne danse pas – pas encore, car je vais m'y mettre ! - je fréquente tous les bals des environs dans l'espoir de la rencontrer... en vain.

Un jour, une lettre dans ma boîte. Elle vient de Barrault. Coup au cœur ! J'ouvre :

« Je serai chez ma grand-mère à l'auberge Granger des Mollettes, dimanche prochain. A bientôt. Je pense à toi. Renée »

Renée, enfin !... Les Mollettes sont à deux coups de pédales. Elles seraient à cent ou mille, ce serait quif-quif !

Le dimanche, chez la grand-mère, Renée fait les présentations. Je salue tout le monde. Le grand-père nous offre à boire, la grand-mère apporte des gâteaux. C'est bien sympathique.

Cependant, dès que nous pouvons, Renée et moi nous nous esquivons...

On musarde tous deux, seul à seule à travers champs, le long des bosquets, sous les arbres. Que de doux baisers, de tendres caresses, accompanés par les chants des merles et des rossignols. Que de bonheur, ce jour-là ! Un bonheur nouveau, simple, qui nous unit tous deux.

La Rnée revin tan ke le pou al Molete, teurzheu la dminzhe. Pe no dou, amouéro, la dminzhe dévin vrémin le « zheu du Seigneur » !

Kôke fa, kin l'é « inpashè », de si in dui. Lyi grefenyé shé lya ? I se fé pâ ! Mé lya, ya bin fé ! Vouè, mé, lya é on-na felya...
.

. Portan, fakya, le vépre de grefenye on ptyou mo ke de pourte shé la gran.

A shapou, la gran-mâre é le gran-pâre me rechavan avoué mé de shaleu. De dvenye « on-na kon-nchinsa » de la Rnée, é poué on « abityè dla mézon», poué d'abo on « ami dla famelya ».

Pe la gran-mâre, k'adoure poué sa ptyouta Rné, lou bon sintimin d'afèkchon ke le lyi bâlye, son kâzmin to bin raportâ su ma.

E la Rné, k'ouze pâ tan bablâ su lya, l'âme me rakontâ to sou kontye de famelya.

Chô vépre, su le shmin ke nze méne lé a la gâra de Pontsharra, le s'émoushe !...

- Mon pâre, Augustin Mithieux, ke rèstâve lé a la Motta-Servolex, a mâryâ, le 15 de juilyè de 1897, la Victoire Granger dle Molete. .

- De chô tin, i se passâve pa poué ma orè. Ke l'apon in seurjan. Ma mâre, la Victoire don, m'a kontâ on-ne istuéra pikanforshu.

- L' Augustin, a trinte an, éta pâ onko mâryâ. La mâra de l'Augustin se markorâve. L'i shapitôle a la Guita k'éta on-na kokazhena ke lyi fé inkontrâ yeuna du non de Pellaz, on-na botashouza pa poué bin sorjinta. .

- Sel-itye se fé bacheû payé in avan, é on zheu, l'inbârke l'Augustin é sa mâre lé al Molete, inkontrâ la famelya Granger. E la Fanfouâza Granger, la mâre de la Victoire ke lou recha to do insin.

- I fô se dépashé, ke de déje, on porre étre in rtâ é mankâ ton trin !

84

Renée revient aussi souvent qu'elle peut aux Mol-lettes, toujours le dimanche... Le dimanche ! Pour nous, c'est le jour de l'amour, le jour du « Seigneur » !

Parfois, quand elle est « empêchée », je suis en deuil. Ecrire à Renée, chez elle ? Ça ne se fait pas ! Elle l'a bien fait, elle ! Oui, mais c'est une fille...

Cependant, certains soirs, je griffonne un petit mot que je porte chez la grand-mère.

Peu à peu, les grands-parents m'accueillent avec plus de chaleur. Je deviens « une connaissance » de Renée, puis « un habitué de la maison », bientôt « un ami de la fa-mille »…

Pour la grand-mère qui adore sa petite Renée, les sentiments d'affection qu'elle lui voue, sont largement reportés sur moi.

Quant à Renée, qui n'ose guère parler d'elle même, elle se plaît à me raconter ses histoires de famille.

Ce soir, sur le chemin qui nous ramène à la gare de Pontcharra, elle se lance !...

- Mon père, Augustin Mithieux, habitant la Motte-Ser-volex, a épousé, le 15 juiilet 1897, Victoire Granger des Mol-lettes.

- A l'époque, ça ne se passait pas comme mainte-nant. Ajoute-t-elle en souriant. Ma mère, la Victoire donc, m'a raconté une drôle d'histoire.

- Augustin, à trente ans, n'était pas marié. Sa mère se désolait. Elle en parle à « la Guite », une commère, qui lui fait rencontrer une certaine Pellaz, une « marieuse » pas très sympa..

- Cette « marieuse » se fait payer d'avance et un jour, elle emmène Augustin et sa mère aux Mollettes, rencontrer la famille Granger. C'est la Françoise Granger, la mère de Victoire, qui les reçoit tous deux.

Il faut se dépêcher, dis-je. On risque d'être en retard pour ton train !

- La kokazhena k'a teu maniganchè d'avansa, prezinte teu le monde é zharika k'é pe mâryâ l'Augustin avoué la Victoire, k'u son itye voui.

- La Fanfouâze Granger di ke l'é bin kontinta de sla propouzichon. L'a diz éfan ke son vyè ou mâryâ, slamin sa darnyéra, la Victoire rèste onko a la mézon, mé l'âmere bin la mâryâ avoué, tou pâ vré la Victoire ?

- Vouè, bacheû, rpon sel'itye !

- Sla Victoire, k'é dvenu ma mâra, pindin teu le tin de sa zhuénessa éta on-na vré râkola, on-na mégriyota. On dire pâ orè, in ?

- Nè, é vré, ke de déje étounâ.

- Sa mâra, la Fanfouâze Granger s'é inpinsi é la inmènâ shé le medsin. Chô-tye s'é inki pe sava sin ke le fachévan é a apra ke le dremivan dyin la méma kusha dapoué dez an. « Ve preni la santâ de vtra felya ! », k'ul lyi a de. Du kô l'an fé « shinbre a pâ », si de pouéche dire, é ma mâre a rtreuvâ la santâ....

- Le s'é don mâryâ mé son maryazhe a étâ trepolyè slamin intre le fène... Te va sin ! Le pâre Granger éta méme pâ prezin !

- Ul a pâ rbèkâ ? ke d'é démindâ.

- Aspéta, é pâ shanvi ! Te vé var !

La Rné, inportâ pe slez istouére, in babéle ma si yéta de kontye de fâye.

- I fô modâ pe vite, ke de déje onko, ôtramin te vé rèstâ al Molete sta nué !

- D'ako; mé de babéle onko !

On kou to do.

- Le zheu de se mâryâ a éta fixâ - teurheu pe le fène, bacheû... Sakré fène ! Te me diré !

- Cheû !

- Mé avan chô zheu, lou doz ijô se son balyè on rvinz-i a on ba,l lé a Montmeillan, pe fâre mé konchinsa.

A cho bal, teu ma dyin Cendrillon, ma d'abo mâre a pardu on-na shôsminta !

- La « marieuse », qui a tout organisé à l'avance, fait les présentations et annonce que c'est pour marier Augustin avec Victoire, qu'ils sont là aujourd'hui.

- Françoise Granger leur dit qu'elle est très contente de cette proposition. Elle a dix enfants qui sont partis ou mariés, seule sa dernière, Victoire, reste encore à la maison, mais elle aimerait la marier aussi, n'est-ce pas Victoire ?

- Oui, bien sûr, répond celle-ci ! .

- Cette Victoire, qui est devenue ma mère, pendant toute sa jeunesse était chétive, malingre... On ne dirait pas, maintenant, hein ?

- Non, en effet dis-je étonné.

- Sa mère, la Françoise Granger, s'inquiéta et finit par la conduire chez le médecin. Celui-ci les questionna et apprit qu'elles dormaient dans le même lit depuis des années. « Vous prenez la santé de votre fille ! » lui dit-il. Elles firent « chambre à part », si je puis dire, et ma mère retrouva la santé...

- Elle se maria donc et son mariage fut arrangé uniquement entre les femmes. Le père Granger n'était même pas présent !

- Il n'a rien dit ? demandè-je.

- Attends, c'est pas fini ! Tu vas voir !

Renée, passionnée par cette histoire, en parle comme d'un conte de fées !

- Il nous faut accélérer, dis-je encore, sinon tu vas rester aux Mollettes cette nuit !.

- D'accord, mais je continue !

On trotte tous les deux.

- La date du mariage fut fixée - toujours par les femmes... Sacrées femmes ! Tu me diras !

- Sûr !

- Avant le mariage, les deux prétendants se donnent rendez-vous à un bal à Montmélian, pour faire connaissance.

Au cours de ce bal, tout comme Cendrillon, ma future mère perd une chaussure !

- Te fé la blagoza ! Ke d'é kri, in aréte.

La Rné me triye p'on-na minshe in rjan.

- Te vo pâ i krare, pâ ! Mé vré ! Bacheû le solâ éta pâ in vair, mé dévene koui l'a trovâ ?

- Son amouéro !

- Teu juste, é ul é dvenu mon pâre, Augustin Mithieux !

- Nè ! I fé trô rire !

- Pe le fâre biskâ, de l'apéle fakya ma sin : « Mon pâre a la grola ! »... Mé di déje pâ seuvin !

- In avan, pe vite, ke de déje !

On kou to do.

- U se son mâ...ryâ...

La Rné manke de seufle, mé babéle teurzheu ! Â ! lou kontye de famelye !...

- Ma d'abo mâra ava 17 an é lui 26 !... Ul... Ul an ayon traz éfan : ma suére Gaby, ke rèste a Grenôble é ke te varé on zheu, mon frâre Jéne é... e ma...

On kou pe vite.

- E ma...ke te kra konyotre, mé ke te konyo pâ poué tan...é ke t'â fakya plu invyè de konyotre !

- Aréte, te sâ bin k'é pâ vré !

N'arvin, ma le trin s'inmôde !

Pâ méme le tin de s'inbraché

Pâ méme on-na ptyouta pètâ !

Le sote yô su le pourte-pyé é se kilâ dyin le darnyé vagon. ..

Ne sin parti vyè sin dire arva a la famelya !... Mé nz'avin bin bablâ de lya !...

- Tu blagues ! M'écriè-je stupéfait.

Renée me tire par une manche en riant.

- Tu ne veux pas le croire, mais c'est vrai !... Bien sûr, la chaussure n'était pas de vair, mais devine qui la trouva ?

- Son amoureux !...

- Tout juste et il devint mon père, Augustin Mithieux !

- Non ! C'est trop rigolo !

- Pour le taquiner, je l'appelle parfois « Mon père à la godasse ! »...

- Allez, plus vite, dis-je !

On court tous deux.

- Ils se ma...rièrent...

Renée essouflée, parle toujours ! Ah, les histoires de famille !

- Ma future mère avait 17 ans, et lui, 26 ! ... Ils... Ils eurent trois enfants : ma sœur Gaby qui est à Grenoble et que tu connaîtras un jour, mon frère Eugène et... et moi...

On accèlère.

- Et moi... que tu crois connaître, mais que tu connais si peu... et que tu n'as peut-être plus envie de connaître !...

- Arrête ! Tu sais bien que c'est pas vrai...

Nous arrivons, comme le train démarre !

Pas le temps de se faire de grands adieux !

Pas même un petit bisou !

Elle saute sur le marche-pied et disparait dans le dernier wagon...

Nous sommes partis sans saluer la famille !... Mais nous avons bien parlé d'elle !...

11) Avarô a l'uzene

De si a shâpou myu ma fô dyin mon abilyamin de «contremaître temporaire ».

Lou rshanyu se son plakâ, louz ouvré de ma klika lavôran byin, le sindika a shanvi, pâ poué p'étre d'ako avoué teute mez « innovations discriminantes », mé a sarâ lou ju, forchè pe lou sine é pe Landry avoué.

Ya poué ryin ke Dario k'é mouvé, é nyâru.

Portan, sin ke fé Marco, me torminte. E on boshardon, mé onko on pâre de traz éfan. Plujeu kô de l'é prézarvâ é sôvâ pe k'u chuche pâ betâ a la pourta ma yon é yon fan do.

- Te te béte su la baskula avoué on ijô ma sin ! m'a shanpâ Landry.

De le sé pro, mé de pouéche pâ arvâ a betâ defou chô tourlourou de ma klika, pe petyè, mé avoué parka ul é le bôfyu du kapô du sindika ke de tenye ma sin !...

Adon, d'é chô grou nyôlu u ju ! De le shapitôle fakya, mé kint ul é trô tyouk, de le léche pâ lavorâ é le mande lé kuvâ dyin l'aoula dlou sè é aguètâ pe kôke « volontaires ».

Marco, a sin k'i para, a on-na vya teuta pikanforshuè. On m'a rapourtâ de vré balordize.

On kô, d'étin apré mzhé shé Blanchet a Shaparèyan avoué de konyâtu é vatya k'arive mon Marco.

U fé chô ke me va pâ é se béte a on-na tâbla u fon de l'aoula avoué doz ôtre eume.

Kin le rpayon a étâ shanvi, Marco s'abade é shapitôle le zhin in djan k'ul a pâ po du fouè !

- De mô vle moutrâ !

U trôsse yô on-na minsha de sa vèsta, kou lé kontre le pouéle, uvre la fumeraye é kile lé son bré su le flanbyô. Ul le tire

90

11) Accidents à l'usine

Je suis de plus en plus à l'aise dans mon costume de « contremaître temporaire ».

Les rivalités se sont apaisées, mon équipe fonctionne bien, le syndicat a fini, non pas par accepter mes « innovations discriminantes », mais à les tolérer, contraint, forcé, par ses propres adhérents et par Landry lui-même.

Seul Dario se montre agressif, rancunier.

Cependant, le comportement de Marco me tracasse. C'est un ivrogne, mais aussi un père de trois enfants. A plusieurs reprises, je l'ai sauvé d'un licenciement.

- Tu prends des risques, avec un oiseau comme ça ! M'a lancé Landry.

Je le sais bien, mais ne peux me résoudre à chasser le bonhomme de mon équipe, par compassion, mais aussi parce qu'il est le beau-frère du responsable syndical !...

Alors, j'ai le drôle à l'œil ! Je le sermonne et lorsqu'il est trop « imbibé », je lui interdis de travailler et l'envoie cuver dans la salle des sacs, sous la surveillance de « volontaires » !

Marco a, paraît-il, dans la vie un comportement extravagant. On m'a rapporté des faits étranges..,

Une fois, j'étais au restaurant Blanchet à Chapareillan avec des amis et voilà qu'arrive mon Marco.

Il fait semblant de ne pas me voir et s'attable au fond de la salle avec deux autres hommes

A la fin du repas, Marco se lève et déclare devant les convives qu'il ne craint pas le feu !

- Je vais vous le montrer !

Il retrousse une manche de sa veste, se précipite vers la chaudière, ouvre le foyer et enfonce son bras sur les flammes.

fou é rkeminche plujeu kô, poué lou pyo krami, u sâre la pourta, béte bâ sa minshe é teurne in garlan lé kontre sou konyâtu.

De si teu abalordi pe chô kô de folanshri. De me déminde si me fodre pâ ékutâ Landry !

Tra zheu apré, kin slou de nué môdan fâre la rléva, d"étin shé ma, de m'intindye kri :

- Dyan... Dyan, vin vite !

De venye fou dvan ma pourta ;

, - Vin vite ! Marco s'é fé arshé on bré !

- Nè ! I s'pou pâ !

- E ma de te déje...Vin vite, vin vite !

- Mé d'é vyu k'ul éta tyouk, é de lyi é défindu de lavorâ !

- E bin, u t'a ékutâ, u lavôre plu, mé avoué on bré k'i manke ! Vin vite !

De kou lé a l'uzena. De déminde :

- Tou k'ul éta pâ dyin l'aoula dlou sè ?... De l'é mandâ kuvâ lé.!

- Fô krare ke nè ! ... Orè, u lavôre plu, ul é daryé la grinda rotativa...

D'arive kontre la rotativa. Marco é étulyè daryé dyin on-na gôlye de san. Ul a on bré pouzâ a flan de lui.

- Son bré tenive plu ke pe kôke bokon de pelaye, me di on ouvré, Francis louz a kopâ avoué son ketyô.

- Mé vz éte fo !... De kire : Fô apélâ Michalet ! Vite, apèlâ le medsin ! Ma-tou k'ét arvâ ?

- Ul a passâ on bré dyin la rotativa... Ul éta tyouk, adon te pinse !

- D'i sé pro k'ul éta tyouk ! De lyi é défindu de lavorâ é ul é modâ dyin l'aoula dlou sè. Tou ke ve l'i pâ aguétâ ?

Pâ de rpon !

Kin le medsin arive, u fé on bokon de soton p'arétâ le san é ul inbârke le mâléro a l'ôptô...

- Adon... Para ke te frâye poué louz ouvré in ptyou bokon orè !

E Polido ke brame dyin la sharira. Ul é kâzmin tyouk, lui avoué. U sâ plu ka dire, branle la téta, brate.

Il le ressort, recommence plusieurs fois, puis, les poils roussis, il rabat sa manche et retourne en titubant auprès de ses amis.

Je suis très impressionné par cet accès de folie et me demande si je ne devrais pas écouter Landry !

Trois jours après, alors que la faction de nuit prend la relève, j'étais chez moi, on m'appelle :

- Jean... Jean, viens vite !

Je sors sur le pas de ma porte :

- Viens vite ! Marco s'est fait arracher un bras !

- Non ! C'est pas possible !

- C'est comme je te dis !... Viens vite, viens vite.

- J'ai vu qu'il était rond. Je lui ai dit de pas travailler !

- Eh bien, il t'a écouté ! Il travaille plus, mais avec un bras en moins ! Viens vite !

Je cours à l'usine. J'essaie de m'informer :

- Mais il n'était pas dans la salle aux sacs ? Je l'ai envoyé cuver !

- Faut croire que non !... Mainant, il est derrière la grande rotative...

J'arrive près de la machine. Marco est allongé derrière, dans une mare de sang. Il a un bras posé à côté de lui.

- Son bras tenait plus que par des lambeaux de chair, dit un ouvrier, Francis les a coupés avec son couteau.

- Mais vous êtes fous ! Je crie : il faut appeler Michalet ! Vite appelez le médecin ! Comment est-ce arrivé ?

- Il a passé un bras dans la rotative !... Il était rond, tu penses !

- Je sais bien ! Je lui avais interdit de travailler. Il est allé dans la salle des sacs. Vous ne l'avez pas surveillé ?...

Pas de réponse !

Quand le docteur arrive, il pose un garrot pour réduire le saignement et emmène le malheureux à l'hôpital.

- Alors, parait que tu découpes les ouvriers en morceaux mainant !

C'est Polidor qui gouaille dans la rue. Il a trop bu lui aussi. Il ricane d'un air entendu, branle la tête, titube.

D'in é pro teu pron kô de to slou tyoukaton ! De le mande yô u saré, poué dli shanpe !

- E ta, te te béte a tyoukatâ, orè !

L'ôtre reshanye. D'on-na man u fé chô ke s'in fo é u rpon avoué pana :

- De t'avin avarti... Monchu le Contramétre ke le shanvre mâ ton is... tstuére !... De t'avin de...

- De si markorâ pe Marco, ke d'lyi déje, mé d'é fé sin ke d'é pochu.

- T'ava k'a le fotre defou !... Parka... Parka te l'â gardâ on vyazhe ma sin ?

- Kma-tou k'ul âre pochu vivre sin travé ? E sa famelya ?

- Vouè... E orè ?

- D'é argadâ ke le sotin du sindika pora lyi balyé on kô de man. i fara on nyô pe teuta sa famelya, p'on momin... Mé ka vote, ul a fé le kon, ma ta dyin chô momin ! E pâ a kouza de ma. Ta avoué, te dèvre bin fâre atinchon. Te me para glyiché su on-na krué déripa !

- T'in fé pâ pe ma déripa, sakré bougre de gâpyan !... Shanpe Polido in me vriyin le ku.

Apré on-na sman-na, Marco revin de l'ôptô. De môde on zheu shé lui. Ul é bin ratakâ. U babéle pou. Etulyè su on-na sourta de bazaka, u s'abade pâ, me di ke sa fèna le neura avoué on-na kolyéra. Le medsin da rpassâ.

- E byin. Surteu fé poué bin teu fran sin k'u te di ! E poué te varé, teu vé se rbetâ a plan a shâpou. De rpassera te var dyin kôke tin. Te varé, i vé teu modâ !

De le léche, sin k'on uche poué bablâ du tyoukaton, bacheû. !... Mé de l'é trovâ pâ botofle, pâ trô reuzhe. Fakya k' i vé myu de chô flan. Mé d'é po k'on kô su pyé, i rkeminchisse teu !..

Dapoué kôke tin d'é démindâ a fâre la teurnâ de nué.

Landry a étâ kontin : « E bin ma sin de si cheû ke vé teu modâ ma fô ! » k'ul a shanpâ...

D'é kminchè a pana la premyéra sman-na de Pâques, é de m'in si bin trovâ.

J'en ai marre de tous ces poivrots ! Je le remballe vertement et lui lance :

- Et toi, tu te mets à picoler mainant

L'autre ricane de plus belle. D'une main, il fait un geste évasif et répond :

- Je t'avais pré-venu… Monsieur le Contremaître, que ça fi.. nirait mal ton af... ton affaire ! … Je t'avais dit…

- Je suis triste pour Marco, lui dis-je, mais j'ai fait ce que j'ai pu.

- T'avais qu'à le virer !... Pour… Pourquoi tu l'as ga-ardé si longtemps ?

- Comment il aurait vécu sans boulot ? Et sa famille ?

- Vouais… Et mainant ?

- Je me suis assuré que l'entraide prévue par le syndicat pouvait faire quelque chose, ça dépannera la famille… Mais que veux-tu, il a fait le con, comme toi en ce moment ! C'est pas de ma faute. Toi aussi tu as intérêt à faire attention. Tu me sembles sur une mauvaise pente.

- T'en fais pas pour ma pe-ente, bougre de fli... flii-caillon !... Lance Polidor en me tournant le dos.

A la fin de la semaine, Marco est de retour de l'hôpital. Je passe un jour chez lui. Il parle peu. Allongé sur une sorte de canapé, il ne se lève pas, me dit que sa femme le nourrit à la cuillère. Le médecin va revenir…

- C'est bien. Surtout écoute scrupuleusement ce qu'il te dit ! Et puis tu verras, tout s'arrangera petit à petit. Je repasserai te voir dans quelque temps. Tu verras, ça ira !... .

Je le quitte, sans qu'on ait parlé de la boisson, évidemment !... Je l'ai trouvé moins bouffi, moins rouge. Il y a du mieux de ce côté-là... Mais je crains qu'une fois rétabli, tout recommence !... .

Je me suis enfin décidé à travailler de nuit.

Landry a été content : « Eh bien, comme ça, je serai sûr que la discipline sera respectée ! », m'avait-il lancé…

J'ai commencé dès la première semaine de Pâques et m'en suis trouvé bien.

De rintre shé ma a l'ârba du zheu, de drume kôkez ore é d'é teu le rèstan dla zheurnâ pe trepolyé mez âvelye, ma venya, dla shassa, de mez aspèzhe, dle treuf, é varkouinâ poué pe teu ka !

Surteu, la dminzhe, de pouéche modâ teu plan al Molete, pe fétâ « le zheu du Sènyeu » !

On vépre, teut uteur de l'uzena ya on méli-mélô, mé ke louz ôtre zheu. De môde kontre le gârda-pourte.

- Landry é mo ! k'u me di teu d'on ko !

Kô de tounére !... De si pâ cheû d'ava teu bin parchu kma fô.

- Chè, chè, é ma de t'i déje, k'u me rpon... E voui...bâ a la fin tantou, k'é teu arvâ... Ul a pètâ bâ ma sin dra fi dyin on lès-siveu !

- Dyin on lèssiveu ?... Mé kma ?... U modâve jamé yô su on lèss...

- E bin, nè, ul i modâve pâ, mé parka k'ul yé modâ voui, d'in sé ryin. De teute le fasson, ul é montâ.dsu... Para k'ul an vouadâ du kô le lèssiveu. Mé te pinse !... Son ko éta dézhè teu koué !...

U m'a déblatèrâ sle chouze sin grevolâ, ma si éta on avarô de ryin...

Teu sin dsu dzeu, de môde a mon poste.

Par ma le monde é plu teut a fé le méme, mé l'uzena môde ma si ryin ava kakadâ... Dirèkteu, pâ Dirèckteu, i se konyo pâ ! On eume s'in môde de l'ôtre flan. E ryin. E ryin k'on pour eume !...

Dyin lou zheu d'apré, on-n' inkéta é mènâ a fon pe konyotre kma teu l'avarô s'é passâ pe le brin. Ryin de bin sheû a pochu être treuvâ dyin la brôta dle chouze. Parka-tou ke le dirèckteu a ayo le vardingô de montâ yô su on lèssiveu, sla groussa bola d'aché yo ke la pâte pe le papyé é sharfâ a bolyi o é kouéta ? On le soura jamé...

L'intaramin se fé kôke zheu apré, a Pontsharrâ, le 11 de sètinbre 1937.

Je rentre chez moi au petit matin, je dors quelques heures et j'ai tout le reste de la journée pour m'occuper de mes abeilles, de ma vigne, de la chasse, de mes asperges, des patates et de tout, quoi !

Surtout, le dimanche, je peux aller facilement aux Mollettes fêter le « jour du Seigneur ! ».

En arrivant un soir à mon travail, je suis surpris par une agitations particulière. Je m'approche du concierge :

- Landry est mort ! Me dit-il tout de go !

Coup de tonnerre !... Je ne suis pas sûr d'avoir bien compris.

- Si, si, c'est comme je te le dis, me répond-il. C'est aujourd'hui, en fin d'après-midi, que c'est arrivé... Il est tombé dans un lessiveur !

- Dans un lessiveur ?... Mais comment ?... Il n'allait jamais sur.. .

- Eh ben, non, il y allait pas ! Mais pourquoi y est-il allé, j'en sais rien. En tout cas, il y est allé... Paraît qu'iz ont vidé le lessiveur tout de suite. Mais tu penses !... Son corps était déjà tout cuit !.....

Il m'annonce la nouvelle d'un trait, comme si c'était une évidence...

Abasourdi, je rejoins mon secteur.

Pour moi, le monde est changé, mais l'usine fonctionne comme si rien ne s'était passé. Directeur ou pas directeur, rien ne change. Un homme disparaît. Ce n'est rien. Ce n'est qu'un homme !...

Dans les jours qui suivent, une enquête est menée pour connaître les circonstances exactes de l'accident. Rien ne peut être affirmé avec précision. Pourquoi le directeur est-il monté sur un lessiveur, cette énorme boule d'acier dans laquelle la pâte à papier est chauffée à haute température et cuite ? On ne le saura jamais...

L'enterrement a lieu quelques jours plus tard, à Pontcharra, le 11 septembre 1937.

De si markorâ. De pèrdye pâ slamin on patron, mé kortyon ke d'âmâve bin. De me sintive d'ako avoué lui. Yava kâzi on-n'ametyè intre nz'ôtre. Ul ava de keu é fachéve avoué souz ouvré ma on da fâre avoué to louz eume. Adon teu le monde l'âmâvan dyin l'uzena é méme pe defou. Sa mo a betâ kâzmin in dui teuta la vela...

A pâ kôkez on, de pinse bin. La koncurinsa, la konkurinsa, le pou fâre ôtan de mâ ke la guèra !... E on-na guèra ! De si cheû ke d'ôtre - ke de dira pâ lo non - se tapan avoué plézi dyin le man !....

Je suis triste. Je ne perds pas simplement un patron, mais un être qui m'était cher. Je me sentais en accord avec lui, c'était presque un ami. Il avait du cœur et traitait ses ouvriers comme des êtres humains. Aussi était-il apprécié par tous dans son usine et au-de-là. Sa perte est douloureusement ressentie dans la ville...

Sauf par certains, je m'en doute bien. La concurrence, la concurrence, elle peut faire autant de mal que la guerre. C'est une guerrre ! Je suis sûr que d'autres - je ne les nommerai pas - se frottent les mains !

12) U vouélyon se mâryâ

On neuvyô patron é du kô nominâ al «Papeteries de Frinse ».

Pe le momin, nyon le konyochan... « On atin de var », ma on di. L'uzena mantin son seufle ! Ya kôkaryin in l'è. Teu le monde é u travé mé nyon pouéchon sospirâ ma fô. Ka-tou ke vé akadâ ?

On di ke de grou bolivèrsamin san a vni... Tou ke de sara onko a mon ouvra dman ?... On i vèra poué !

Ma, d'é dyin la téta on-na brâva damouézela ke de kontye bin mâryâ d'abo... mé de sé pâ ma-tou ke fô me dépatroyé. De la véye pâ on moué... « D'atindye de var » !...

Fin du balérou de Montmeillan.

D'é romnya ma déklarachon teu du lon de la vèlyè.

A on momin, de si teu seulè avoué ma brâva dzeu la lena, juste u bo de l'Izera. De me shanpe d'on è ke se vo teu dou :

- Si on se mâryâve ?... Tou ke te sarre d'ako ? ...

Du kô, lou ju de la Rné parlingan mé ke la lena. Le me bâlye le man é me sote yô u kolin !

- Ô Dyan, te sâ, i fé on bon momin ke d'atindye sla déminda !

On s'inbrache, é marvlyo !

- De si éroza ! Ke le me di, teuta brouya. Poué le se rbéte....

- Adon, orè, fô ke te venyisse shé ma, lé a la Motte-Servolex. Te vé konyotre teuta la famelya, mon pâre, ma mâra, mon kinke, to, to. Te varé, i sara byin ! I fô !

E bin, i s'é teu passâ myu ke d'avin po... Mé le pe deû é poué onko dvan !...

12) La demande en mariage

Un nouveau directeur est rapidement nommé aux Papeteries de France.

Personne ne le connaît... L'usine retient son souffle. « On attend de voir ! ». Il y a quelque chose de suspendu. Tout le monde travaille, mais personne ne respire normalement. Que va-t-il se passer ?

On dit que de grands remaniements sont prévus... Serais-je encore à mon poste demain ?... On verra !

Moi, j'ai en tête une jolie demoiselle que j'espère épouser bientôt... mais je ne sais pas comment m'y prendre... Je la vois si peu... « J'attends de voir » !...

Fin d'un bal à Montmélian.

J'ai ruminé ma déclaration pendant la soirée.

A un moment, je suis seul avec ma belle sous la lune au bord de l'Isère. Je lance d'un ton apparemment innocent :

- Si on se mariait ?... Tu serais d'accord ?

Soudain, les yeux de Renée brillent plus que la lune. Elle me tend les mains et me saute au cou.

- Oh Jean, ça fait longtemps que j'attends cette demande !

On s'embrasse, c'est merveilleux !

- Je suis heureuse ! Me dit-elle avec une grande émotion. Puis, elle se reprend :

- Alors maintenant, il faut que tu viennes chez moi, à la Motte-Servolex. Tu vas connaître toute la famille, mon père, ma mère, mon oncle, tous, tous. Il faut !

Ma déclaration a été plus aisée que je craignais... Mais, le plus dur est à venir !...

Démindâ la man de sa felya a Augustin Mithieux, é éjè di dire, mé... pe fâre sa déminda sin fâre le bègue, é poué on-nôtra fyanfyourna !...

Portan, de pouéche pâ arkolâ é poué la Rné para tan kontinta !...

- Te sâ, ke le me di, si on arive ma sin, shé ma, sin ava pra lou dvan, in djan k'on vo se mâryâ, i vé loz i fâre on kô, De mô in bablâ d'abo avoué lou mine, poué de te dira k'in pou se fâre. Ka-tou ke te n'in di ?

Seulazhè, de dèje vouè de teu mon keu.

I s'é teu modâ vite. A shavon, kâzi.

Lou parin, dézhè avarti dapoué on vyazhe pe la gran, savan ke la Rné koratâve, ke le zuéne shâlan éta byin, k'ul éta kontramétre al «Papeteries de France».

U kon-nechévan onko é cheû on moué de chouze in sgrè, sintu pe la mouissa k'éta la gan é ke le shâlan méme fakya sava pâ...

On-na dminzhe u matin, avoué on abilyamin blu-marena teu nouve, mantenyan la Rné pe la man k'ava dézhè on-na sourta de rôba de mâryâ blinshe é bluta, de si prezintâ a la famelya Mithieux, lé a la Motte Servolex.

To lou parin son itye ! Ya poué Augustin Mithieux in grin abilyamin né é shmiza blinsha. La Victoire Mithieux, la mama, avoué on-na rôba blinsha é fleu zhône, le kinke, apèlâ poué « l'oncle Bébé », shapé in feûtre maron su la téta é vèsta de shasse su lez épale.

De si bin rchu. Le rpayon é gué, grou é poué bin molyè de bon vin.

De si pro ma fô, portan, Intre le peure é le formazhe, kin d'âre du fâre ma déminda, de rèste motè, mouè ma on passon. La Rné forôlye kôkaryin pe teu rabistokâ.

- Ne sin bin éro d'etre vnu ve var voui ! E slamin on premyé kô. Ne rvindrin onko pe myu fâre konechinsa, bacheû, si ve volyé bin.

- Bacheû, bacheû, avoué plézi, ke shapitôlan in keu to Islou dla famelya.

Demander la main de sa fille à Auguste Mithieux, c'est facile à dire, mais... pour articuler, ma demande sans bégayer, c'est une autre chanson !...

Enfin, je peux pas reculer et puis, Renée est si contente !

- Tu sais, me dit-elle, si on se présente chez moi, sans prévenir, en disant qu'on veut se marier, ça va leur faire un choc. Je vais en parler d'abord à mes parents, puis je te préviendrai, qu'en dis-tu ?

Soulagé, j'approuve chaleureusement.

Tout alla vite. Enfin presque .

Les parents, déjà prévenus depuis longtemps par la grand-mère, savaient que Renée « fréquentait », que le jeune homme était contremaître aux « Papeteries de France ».

Ils connaissaient aussi bien d'autres secrets, flairés par l'attentive grand-mère et que le prétendant lui-même ne connaissait peut-être pas...

Un dimanche matin, en costume bleu-marine tout neuf, tenant Renée par la main, qui avait déjà une sorte de robe de mariée blanche et bleue, je suis présenté à la famille Mithieux à la Motte-Servolex.

Tous les parents sont là ! Il y a Augustin Mithieux, en grand costume noir et chemise blanche. Victoire Mithieux, la maman, avec une grande robe blanche à fleurs jaunes, l'oncle, dit « l'oncle Bébé », chapeau de feutre en tête et veste de chasse sur le dos.

L'accueil est sympathique, le repas, gai, copieux et bien arrosé.

Je suis assez à l'aise, pourtant, entre la poire et le fromage, quand J'aurais dû faire ma demande, je reste sans voix, muet comme une carpe. Renée tente de faire diversion.

- Nous sommes heureux d'être venus vous voir. Ce n'est qu'une première fois. Nous reviendrons encore pour mieux faire connaissance, si vous voulez bien.

- Bien sûr, bien sûr, avec plaisir, répondent en choeur tous les membres de la famille !

- Gramassi de nz'ava rchu, ke de déje a fon de trin. Ve nez i bin gâtâ !

Kin on se rtrouve teu seulè, la Rné s'amuze ke d'é étâ motè teu d'on kô. On se béta a rire to do, mé de si bin amoshe.

la Rné apon :

- E poué ryin teu sin ! De konprenye bin ke da pâ être tan éjè ! E on-na déminda tan groussa !

- I fôdre ke chuche, kma dire, pâ tan... in srémoni... E poué, ya pâ fôta ke teuta la famelya chuche itye !

A la fin, on zheu, kin la Rné é ma on é seulè avoué Augustin Mithieu é sa fèna, de shapitôle poué sin bègyé ma déminda.

E augustin ke blézina : « Vouè... Vouè...» le lâmre yô a lou ju.

La Rné apon du kô :

- E si on fèrmâve le zheu du maryazhe !

- E le plevenye ! Kire sa mâra.

- Ô ! On se konyo dapoué d'abo doz an, é pâ forchè de fâre lou promi !

- I s'pou pâ ! kire la mâra. Ka-tou ke van dire le zhin ! Fô u bâ mo, tra ma de promessa.devan !

- Bon, bon, mé do i fara bin ! Ke di la Rné.

On rtin lou do ma. Sin ke posse le maryazhe a lou 11 d'oktôbre 1937. D'é 26 ans, la Rné 22.

Le plevenye de maryazhe an étâ guésse, éroze, amozante. vré

Mé sin ke kontâve; éta le maryazhe !

Louz aprèston an étâ lon ! Augustin a vyu le chouze in gran. Ul a vindu on vyô p'être myu éjè « côté dépenses », k'ul a de, é a kmandâ on rpétalyè u rèstôran Beertholet, « le meilleur du coin»... Mé é poué aprè, k' ya kminchè a ron-nâ !

- Merci de votre accueil, dis-je rapidement, vous nous avez bien gâtés !

Quand on se retrouve seuls, Renée s'amuse de ma brusque timidité. On en rit, mais je suis bien dépité.

Elle ajoute :

- Ce n'est pas grave ! Je comprends, que ça ne doit pas être si facile ! C'est une demande si importante !...

- Il faudrait que ce soit, comment dire, moins... moins officiel. Et puis, il n'y a pas besoin que toute la famille soit là !...

Enfin, un jour où Renée et moi nous sommes seuls avec Augustin Mithieux et sa femme, j'articule, sans bégayer, ma demande.

C'est Augustin qui bégaye : « Oui... Oui... », les larmes aux yeux.

Renée enchaîne aussitôt :

- Et si on fixait la date du mariage, !

- Et les fiançailles ! S'exclame sa mère.

- Oh, on se connaît depuis bientôt deux ans, ce n'est pas nécessaire !

- C'est pas possible ! s'écrie la maman. Que diraient les gens ! Il faut trois mois de fiançailles avant !

- Bon ! Bon, mais deux, suffiront bien ! Dit Renée.

On opte pour deux mois, ce qui pousse le mariage au 11 octobre 1937. J'ai 26 ans, Renée 22.

Les fiançailles furent joyeuses, heureuses, amusantes.

Mais ce qui comptait, c'était le mariage !

Les préparatifs furent longs ! Augustin vit les choses en grand. Il vendit un veau pour être « à l'aise côté dépenses », et commanda un « banquet » au restaurant Bertholet, « le meilleur du coin » !... C'est après, que vinrent les disputes !

13) Le mâ-balyan

De m'atindyéve a sle ron-nâ, la Rnée, on zheu, m'ava betâ in èrta.:

- Te sâ, avoué mon pâre Augustin, i môde pa poué teurzheu a plan. Ul é intekri, é avoué sa fèna, kôke fa, ya de shamayeri.

- Pe ntron maryazhe, de si cheura, ke vé bin shamayé pe de vré !

Kin ul ava diz an, Augustin ava étâ betâ yô p'aprindre dyin on kolézhe katolike de la Saleta.

Vouè, ityameu dyin le montanye ! Itye, yo ke la Vyèrzhe s'éta moutrâ, para, dyin on mrâklye, dvan doz éfan, la Mélani Calvat é le Maximin Giraud !

Adon, ve pinsâ, si ul ava étâ drèchè avoué dévôchon...é a la deura !

La vya éta bin deura pe slou mâléroz éfan ke dèyévan raprezintâ la prima fleu dlouz éfan dla Marie ! Prègyére, konfchon, pon-nchon, loz i tonbâvan dsu é surteu dsu Augustin ke rbèkâve seuvin. .

On-na nué, ul sote la moraye, s' insôve pe la montanya, é se fé amâssâ p'on-na sourta d'érémite ke vo le ramènâ de fourche u kolézhe.

Erozamin, u lyi file intre lou da u darnyé momin, s'insôve onko é shanva p'akadâ pe mo ke vi, bâ a Corps. Ul akape le barô d'on barguinyu pe modâ bâ tan k'a La Mure, yo k'u pou apèlâ u skor sou parin.

Dapoué, fô plu lyi bablâ la rlijon !

E chô zheu, lé a la Motte, adon k'on éta to uteur dla tâbla é k'on bon aprèston nz'éta charvi, Augustin, bin konfortâ su sa séla, le ju parlingan, brame d'on-na voué d'amolére :

13) Le jeteur de sorts

Je m'attendais à ces disputes. Renée, un jour, m'avait prévenu ;

- Tu sais, avec mon père Augustin, ça ne se passe pas toujours très bien. Il est anticlérical et avec sa femme, parfois il y a des frictions.

- Pour notre mariage, je suis sûre que ça va « frictionner » !

A l'âge de dix ans, Augustin avait été mis en pension au collège catholique de la Salette.

Oui ! Là-haut dans les montagnes ! Là où la Vierge, dit-on, était apparue aux deux enfants, qui n'en demandaient pas tant, Mélanie Calvat et Maximin Giraud !

Alors vous pensez, s'il avait été éduqué avec dévotion et... fermeté !

La vie était très dure pour ces malheureux pensionnaires qui devaient représenter la fine fleur des enfants de Marie ! Prières, confessions, punitions, les accablaient et tout particulièrement Augustin qui était rétif.

Une nuit, il « fait le mur», se sauve à travers la montagne, est recueilli par une sorte d'ermite qui tente de le ramener de force au collège.

Heureusement, il lui fausse compagnie, s'enfuit et finit par arriver plus mort que vif à Corps. Il profite de la charrette d'un commerçant pour aller jusqu'à La Mure, d'où il peut appeler au secours ses parents.

Depuis, il ne faut plus lui parler de religion !

Un jour à la Motte, alors que nous étions tous attablés et qu'un bon dessert nous était servi, Augustin, bien calé sur sa chaise, l'oeil allumé, déclare d'une voix forte :

- Fô pâ poué kontâ su ma, pe lou mâryâ to do lé a l'églyiza !.
- Kma ?... Sivil ? I s'pou pâ sin ! Rebéke sa fèna.

- I s'pou pâ !... I s'pou pâ !... parka-tou ? Yin a teu on mué ke se mâryon pâ shé louz inkrouâ !... Tou ke te me va modâ me betâ a zhnyo dvan chô ptyou korayon de mèrda, apré teu sin k'u nz'a fé ?... T'i sâ pâ, ta, k'u di in m'argadan... De mô teu t'i rakontâ !

U posse lé son achéte, se vouade on var de blin, m'in vouade yon avoué é u kminche :
- On matin, le myôle volyéve pâ modâ in aryé dyin le brachére. De sé pâ sin k'ul ava, mé ryin a fâre... Fakya, u sintive ke l'inkrouâ arvâve sé ! K'u di in balyan on kô de ju.
- Ô t'i vé trô fo ! Shanpe sa fèna d'on-na voué trossâ.
- Pinse-te ! ul a du nâ chô animô... Kma ma !... A la fin de m'éryisse é de fache pètâ kôke zheramin.
- L'inkrouâ ke passâve me fé rprôshe :
« Monchu Mithieux, ve devri pâ zherâ ma sin apré ntron Sènyeu. Ul..;»
- De me vire é d'lyi mande kôkaryin ma : u fare myu de me balyé on kô de man, vtron Sènyeu, petou ke de me fâre de prône !
- E pâ vré ! Rbéke sa fèna éryi, t'â poué bablâ bin pi ke teu sin !

Ya mé de di kô, é cheû, ke teuta la famelya a ouyi slou kontye, mé to ékutan portan de teute loz oureulye, sin mankâ on-na silaba k'é bin pou !
- In to lou ka, rakape Augustin, de véye l'inkrouâ me vni kontre, lou ju fou de la téta. U me fé on ptyou zigoui avoué on-na man é s'in tourne in me djan : « Ve ve pintré de sin ke ve m'i shanpâ ! »...

Augustin ba d'on seguin son var de blin, poué me bâlye on kô de ju pe me fâre bére le mine.
- Bon ! De léche modâ vyè l'inkouâ é de pinse plu a sin k'u m'a shapitolâ...

108

- Faut pas compter sur moi pour les marier tous les deux à l'église !

- Comment ?... Civil ? C'est pas possible ! rétorque sa femme.

- Pas possible, pas possible, pourquoi ? Il y en a combien qui ne se marient pas chez les curés !... Tu me vois aller me mettre à genoux devant ce p'tit curaillon de merde, après ce qu'il nous a fait ?... Tu ne sais pas, toi, dit-il en me regardant. Je vais te raconter !

Il repousse son assiette, se sert un verre de blanc, m'en verse un aussi et commence :

- Un matin, le mulet ne voulait pas entrer dans les brancards. Je sais pas ce qu'il avait, mais rien à faire... P't'être qu'il sentait que le curé approchait ! Dit-il en clignant un œil.

- Oh, tu exagères ! Lance sa femme d'un air outré.

- Penses-tu ! Il a du flair cet animal... Comme moi !... Enfin, je m'énerve et fais péter quelques jurons.

- Le curé qui passait, me fait des reproches :

« Monsieur Mithieux, vous ne devriez pas insulter notre Seigneur, Il...»

- Je me retourne, et lui lance quelque chose comme : Il ferait mieux de m'aider, votre Seigneur, au lieu de faire des prêches !

- C'est pas vrai ! Rétorque sa femme, tu as dit bien pire que ça !

Il y a plus de dix fois que la famille a entendu cette histoire, mais tous écoutent cependant sans perdre une seule syllabe !

- En tout cas, reprend Augustin, je vois le curé s'avancer vers moi, les yeux hors de la tête. Il me fait un drôle de geste d'une main et s'en va en me disant : « Vous vous repentirez de ce que vous m'avez dit ! »...

Augustin boit d'un trait son verre de blanc et me fait signe de boire le mien.

- Bon ! Je laisse partir le curé et ne fais plus de cas de ses menaces....

- Figure-te, ke le vépre, la Gabi, k'a juste doz an, dévin teute infyévrâ ! Patrakla, mâ a la téta, teuta borlanta. Le vo pâ mezhé. On la béte dyin la kusha teuta bllntyona.

- Le luindman, paryé. La Mâra s'inpâouri. On kire le medsin. U konprin ryin. « Fô fâre plakâ sla suété ! » k'u di. Vouè... Mé la ptyouta défyévrâve pâ !

- Tou ke te te rapéle la Victoire ? On ava bô betâ de panosse frade, ryin ! I fachéve ryin ! Le medsin é rvenu. Do zheu, tra zheu, teu le monde plorâvan. « La gabi é parduè !... » plorâve sa mâra !...

- E vré, di la Victoire. D'étin dèspèrâ !

- Adon, d'é pinsâ ke sla varmena d'inkrouâ, pe me poni, ava balyè on mâ a la ptyouta. D'i déje a la Victoire :

- Ô ke t'é bétye avoué tou kontye, ke le me rbéke avoué érye.

- Bon Dyou, mon san a fé k'on teur ! On m'ava sharamlâ ke l'inkouâ de Bourdeau arapâve lou mâ-balyè. Ul éta méme ézoursiste... D'yé jamé kru a sle badyan-nri, mé la ptyoute éta tan mâ !... D'akape la ringa é de kou yô shé chô inkrouâ juste yô dsu de Bourdeau !...

- D'é teurzheu kru, ma avoué, k'éta de kontye barbe teu sin ! Ke de déje.

- Kontye barbe ou pâ, kin on sâ plu ka fâre, d'é provâ !... De si modâ a pyé. D'é modâ teuta la matnâ é d'arive yô su le kô de mizheu.

- A pana k'u me va, l'inkrouâ, sin ke de lyi djisse ryin, me shanpe :

- E bin falyéve onko aspètâ pe lontin avan de vni ! Ve volyé la var mori, sla krué ?

- Nè !... Nè, bacheû... Mé on sava pâ ka falyéve fâre é poué, lya...

- Ve markorâ pâ, vtra felya vé gari.... Le vé gari du kô ! Ve poché teurnâ te'u a plan, lé shé vz'ôtre.... Ve vari, le sara bin myu sta nué...

- Ma sin ?... Ve me blayé poué ryin, pâ on-na possa, pâ méme on-na mestyon ? ke de lyi déje.

- Figure-toi, que le soir, la Gaby, qui a deux ans, prend la fièvre. Malade, mal à la tête, toute brûlante. Elle refuse de manger. On la couche toute pâle.

- Le lendemain, pareil. La mère s'affole. On appelle le médecin. Il y comprend rien. « Faut faire tomber la fièvre ! » qu'il déclare. Oui... mais la fièvre tombait pas !

- Tu te rappelles Victoire ? On avait beau mettre des compresses froides, rien ! Rien à faire ! Le médecin est revenu. Deux jours, trois jours, tout le monde pleurait. « La Gaby est perdue !... », pleurait sa mère !...

- C'est vrai, dit la Victoire. J'étais désespérée !

- Alors, j'ai pensé que cette saloperie de curé, pour me punir, avait jeté un sort à la petite. Je le dis à la Victoire :

- Oh que tu es bête avec tes histoires, qu'elle me répond exaspérée.

- Bon Dieu, mon sang ne fait qu'un tour ! On m'avait dit que le curé de Bourdeau enlevait les sorts. Il était même un peu exorciste... Je n'y ai jamais cru à ces bêtises, mais la p'tite était si mal !... Je prends la ringue et je file chez ce curé au-dessus de Bourdeau !...

- J'ai toujours cru moi aussi, que c'était des racontars ! Dis-je.

- Racontars ou pas, quand on sait plus quoi faire, j'ai essayé !... Je suis parti à pied. J'ai marché toute la matinée et j'arrive sur le coup de midi.

- Dès qu'il me voit, le curé, sans que je lui dise rien, me lance :

- Eh bien, il fallait encore attendre plus longtemps avant de venir ! Vous voulez qu'elle meure cette petite ?

- Non !... Non, bien sûr... Mais on savait pas quoi faire et elle...

- Ne vous en faites pas, votre fille va guérir bientôt Vous pouvez rentrer chez vous... Vous verrez, elle sera beaucoup mieux ce soir...

- Comme ça ?... Vous me donnez rien, pas un médicament ? Que je lui dis.

- Nè, nè. I charvere a ryin. Ve poché teurnâ teu plan lé shé vz'ôtre é poué ve vari.

- Ul a pâ volyu ke de le payisse, ryin. De savin pâ si u me barassâve ou nè... On sâ poué jamé si é teu vré, avoué slouz inkrouâ...

- Bon, de m'in rteurne bâ. De kminchéve p'ava lou shanbrô al plôte é su la rota, de me djéve, ke si la Gabi modâve pâ myu, lez oureuye de chô inkrouâ alâvan brinâ !

Augustin s'abade, môde uteur de la tâbla é revin s'achètâ teu plan dvan ma. Sa fèna fé onko on kô de kâfé. Lui, rakape :

- D'arive u kminchmin de la Motte. Ka-tou ke de véye ? La Victoire ke kou a mon inkontre. D'ityavè le batikoule poué le me kire : « La Gabi é gari !... La Gabi é gari !...»... D'in rvenive pâ !...

- Â vouè, on a étâ seulazhè ! Sin on pou le dire ! Rbéke le kinke bébé.

- I para ke ma ptyouta s'éta abadâ, sin la fyévra, rpouzâ, éta vnu bâ dyin la kozena é l'ava démindâ a mzhé parka l'ava on-na grinda fan !...

- D'é étâ tan seurpraza, é tan kontinta, di la Victoire, ke de savin plu ka lyi balyé !

- E bin, in bablan avoué la Victoire, on s'é poué rindu kontye ke l'ava étâ garyè u méme momin ke d'avin inkontrâ ityameu chô brâve inkrouâ de Bourdeau !... Tou ke t'i konprin kôkaryin, ta ?

- Â sin, adon, é pâ ordinére !... D'é on grin mâ a i krare... Mé pisk'é vo ke le djé é ke vzi vivyu sin, de si bin forchè d'i krare... Portan d'é bin de mâ !

- E sin ke de lyi déje !... Shanpe sa fèna, ya de chouze pâ krèyâble mé k'on é bin forchè de krare kin méme !... Mé u vo poué ryin ouyi !

- In to lou ka, é arvâ a kouza de sla kofyéra d'inkrouâ dla Motte, ron-nye Augustin, adon fô pâ vni m'inbyârâ avoué chô avorton !... Bablin plu de sin, mé pinsin petou u bon rpalyè k'on vé se fâre !

- Non, non, c'est inutile. vous pouvez retourner chez vous et vous verrez.

- Il a pas voulu que je le paie, rien. Je ne savais pas s'il se moquait de moi ou non. On ne sait puis jamais, avec ces curés...

- Bon, je repars. Je commençais à en avoir plein les jambes et en route, je me disais que si la Gaby n'allait pas mieux, ce curé allait m'entendre !

Augustin se lève, marche autour de la table et revient s'asseoir en face de moi. Sa femme refait du café. Il reprend :

- J'arrive à l'entrée de la Motte. Qu'est-ce que je vois ? La Victoire qui court à ma rencontre. De loin elle me fait de grands gestes et crie : « La Gaby est guérie !... La Gaby est guérie !... J'en revenais pas !...

- Ah, oui, on a été soulagé ! ça on peut le dire ! renchérit l'oncle bébé.

- Il parait que la petite s'était levée, sans fièvre, reposée, était descendue à la cuisine et avait réclamé à manger, parce qu'elle avait grande faim !...

- J'ai été si surprise et si contente, dit la Victoire, que je savais plus quoi lui donner !

- Eh bien, en parlant avec la Victoire, on s'est rendu compte qu'elle avait été guérie au moment même où j'avais rencontré le curé de Bourdeau !... Tu y comprends quelque chose, toi ?

- Ah ça, alors, c'est extraordinaire !... J'ai du mal à le croire... Mais puisque c'est vous qui le dites et l'avez vécu, il faut bien que je vous croie... Pourtant c'est incroyable !

- C'est ce que je lui dis ! Lança la Victoire, il y a des choses incroyables auxquelles on est bien obligé de croire !... Mais il veut rien entendre !

- En tout cas, c'est arrivé à cause de cette saleté de curé de la Motte, gronde Augustin, alors faut pas venir m'embêter avec lui !... Parlons plus de ça, mais pensons plutôt au banquet !

Ntron maryazhe s'é don fé slamin a la méri de la Montte-servolex, le 11 d'oktôbre 1937.

On mnu teu aprèstâ é fristoulyè pe Augustin é son koznyé k'ul âmâve, a bin fé myu ke teute le déprakachon.

D'é poué konyu teuta la fémelyè : La tinta Gabi - sela du mâ-balyè ! - é son épo Henri Sifflet, lo doz éfan, rjan é taguè, Julien é André, to lou kozin, teute le kozene... Bacheû, yava avoué nz'ôtre, Saugemerle, l'ami de la famelya, ke d'avin jamé vyu dyin son abilyamin de maryazhe. Polido, lui éta pâ itye, ul éta in prézon !...

Notre mariage se fit donc uniquement à la mairie de la Motte-Servolex, le 11 octobre 1937.

Un menu spécialement mijoté par Augustin et son cuisinier préféré, compensa largement les patenôtres !

Je découvris toute la famille : la tante Gaby - celle qui avait reçu un sort - et son mari Henri Sifflet, leurs deux enfants rieurs et taquins, Julien et André, les cousins, les cousines...Bien sûr était avec nous, Saugemerle, l'ami de la famille, que je n'avais jamais vu dans son costume de mariage. Polidor manquait, il était en prson !...

14) La Marie-Claude vin u monde

E la fin du shôtin... De monte avoué la Rnée yô a l'ave-lyu. Lou kâdrâ son rinpli. L'è sin bon le myè.

Dvan lez avelyé, la Rnée m'inbrache é me shapitôle bâ a l'oureuye :

- D'é on-na bona neuvéla : de si plana !

On boneu ! D'é invyè de plorâ; mé de pouéche juste bre-dolyé : «Tou... Tou ke t'é cheura ? ».

- Vouè, le medsin m'a de k'éta bon !

D'akape la Rné dyin mou bré. On s'inbrache to do. Itye, dyin chô momin, on é éro pe de bon...

De revenye bâ su tèra.

- Si é on-na felya, d'âmere k'on l'apèlisse Marie-Claude. Ka-tou ke t'in di ?

- Vouè, rpon la Rnée é brâve, d'âme byin... E si é on gar-son ?

- De sé pâ onko... D'é on moué de ptyou non... On a bin le tin d'in trovâ on brâve...

On é éro. De mantenye la Rnée sarâ kontre ma. On é byin to do, teu do...

I fé on bon salua maravlyo. Le tin é teu do, louz ijô shan-tyhon, lez âvelye ron-nan, louz âvelyé son teu rinpli de bon myè...

N'alin ava on popon ! De gârde onko la Rnée sarâ kontre ma. On é éro !...

Apré kôke zheu, on di teu sin a la famelya. To son kontin avoué. On fé on ptyou « rigoudon » avoué louz ami. On pâsse on bon momin in atindyan le brâve intran.

De si pro maravlyè d'atindre on éfan. Etre on pâre ! Kma pocha étre on pâre ? D'é jamé konyu le mine. D'é nyon pe me

14) Naissance de Marie-Claude

C'est la fin de l'été... Je monte avec Renée au rucher. Les hausses sont pleines. L'air est parfumé au miel.

Devant les ruches, Renée m'embrasse et me murmure à l'oreille :

- J'ai une bonne nouvelle : Je suis enceinte !

Un bonheur ! J'ai envie de pleurer. Je peux juste articuler : « Es... Es-tu sûre ? ».

- Oui, le médecin me l'a confirmé !

Je prends Renée dans mes bras. On s'embrasse. On est heureux...

Je reviens sur terre.

- Si c'est une fille, j'aimerais qu'on l'appelje Marie-Claude. Qu'en dis-tu ?

- Oui, répond Renée, c'est joli, j'aime bien... Et si c'est un garçon ?

- Je sais pas encore... J'ai plusieurs prénoms ... On a bien le temps d'en trouver un beau...

On est content. Je tiens Renée serrée contre moi. On est bien...

Il fait un soleil rayonnant. Le temps est doux, les oiseaux chantent, les abeilles bourdonnent, les ruches regorgent de miel...

Nous allons avoir un bébé ! Je garde Renée serrée contre moi. On est heureux !...

Plus tard, on prévient la famille. Tous se réjouissent. On fait un petit « rigoudon » avec les amis. On passe un bon moment en attendant l'heureux événement...

Je suis très impressionné d'attendre un enfant. Être un père ! Comment être un père ? Je n'ai jamais connu le

moutrâ. Mé sin ke de sé, é poué ke de si trô kontin. Parka ? D'i sé pâ i dire, mé é vré.

Du kô, de si plu le paryé avoué la Rnée. De me markore bin mé par lya. De lyi déje seuvin de s'arpouzâ, de s'ékonomijé. Mé le rbéke teurzheu

- Mé de si pâ lasse ! Peka-tou ke te te markore tan ma sin par ma !

Le prin poué jamé on zheu de rpou ! Teu a l'invèrsa, le forôlye onko mé. Tou ke la matèrnitâ lyi bâlyere en neuvyô seguin ?... I s'pou poué bin !

L'alâve in ava fôte !

1939. E la guèra.

Le 21 du ma de mâ, de rchave du « 93ème Rézhimin d'artillerie de montanye », l'ourdre de rékizichon, pe me fâre parti yô u fo de Shambaran le 1er du ma d'avri, pe fâr on-na répétichon militère, de 15 zheu...

A l'uzena, le neuvyô dirèkteu fé la pôta, kin de lyi moutre mon ourdre de rékizichon :

- Ne n'i pochin ryin, k'u di, vz éte apélâ... I fô i modâ !... E poué ve sari pâ le darnyé. D'é pro éssèyè de pâ fâre sarâ l'uzena, mé ya ryin de cheû !... Yin âra bin d'ôtre onko ke van étre pouajè pe la guèra !...

De léche mon ouvra sin grou argrè. L'uzena éta on-na grinda famelya. Dapoué la neuvéla dirèkchon, l'é plu k'on-na grinda mékanika.

De déje arva a to louz ami, Jacky, Zizi é onko d'ôtre ke son pa onko apèlâ é de m'étuèye sin pepâ on mo.

Le platyô de Shambaran, « morne plaine », yo ke de zhuéne de teuta sourte é de sodâ de to louz afutyô se brassan dyin on vré méli-mélô.

A l'arvâ du fo, on avèlyu me shanpe on « paquetage complet »... I manke le shôsminte ...

- Yin a daryé le for ! K'u me shanpe.

D'i mô. Le for inpèste le gazoil. De trouve pâ slamin do solâ paryé pe mou pyé.

mien, Je n'ai pas de modèle. Mais ce que je sais, c'est que je suis très content. Pourquoi ? Je ne sais pas, mais c'est vrai.

Mes relations avec Renée changent d'un coup. Je prends beaucoup plus soins d'elle. Je lui dis de se reposer, de s'économiser. Mais elle réplique toujours :

- Je ne suis pas fatiguée ! Qu'est-ce que tu te tracasses !

Elle ne prend jamais un jour de repos ! Au contraire, elle s'agite davantage. La maternité lui donnerait-elle une nouvelle énergie ?... Bien possible !

Elle allait en avoir besoin !

1939. C'est la guerre.

Le 21 mars, je reçois du 93ème Régiment d'artillerie de montagne, l'ordre de réquisition, m'enjoignant de me rendre au fort de Chambaran le 1er avril, pour un exercice militaire de 15 jours...

A l'usine, le nouveau directeur fait la grimace, quand je lui montre mon ordre de réquisition ;

- Nous n'y pouvons rien, dit-il, vous êtes appelé ... Il faut y aller !... Et puis, vous ne serez pas le dernier. J'ai essayé d'intervenir pour ne pas fermer l'usine, mais rien n'est vraiment sûr !... Il y en a d'autres qui seront réquisitionnées !...

Je quitte mon travail sans trop de regret. L'usine était une grande famille, depuis la nouvelle direction, elle n'est plus qu'une grande machine.

Je salue les copains, Jacky, Zizi, et quelques autres qui ne sont pas encore appelés et je m'en vais.

Le plateau de Chambaran, « morne plaine », où des recrues de toutes sortes et des soldats de tous uniformes s'agitent dans une véritable pagaille.

A l'entrée du fort, un planton me jette un « paquetage complet ». Il manque les chaussures...

- Il y en a derrière le four ! me lance-t-il.

J'y vais. Le four empeste le gazoil. Je trouve difficilement une paire à mon pied.

Le vépre, amouélamin. Seupâ gaméla. Dormitoryô. Lou fouè amortâ a nou ore.

Le luindman, chéz ore. Sounaye de klyéron. Abadâ. se lâvâ, dézhon, kori. On akape lez âmre. De rchave on fozi. Tre-polyézon de lez âmre. Apré-mizheu, on môde triyé.

Le 15 d'avri, de si forché de me mantni sodâ pe m'alfâ a lez âmre, tan k'u 26 !.

De rchave on-na lètra de la Rnée. Le vé yin a la matèr-nitâ. Le béte bâ a pou pré uteur du 28.

Le 28 d'avri, d'arive a fon de trin lé a la matèrnitâ de Shanbri. De trouve in koran le sarviche, poué la shinbra. On-na mâra-lèvâra on pyo sargan, mé rjanta, (sin k'é râ !) vo m'in-pashé de modâ yin :

- Atindyé, l'éfan é pâ onko u monde !

- Mé de si le pâre !

- Tou ke vz éte bin cheû ? ke le me di in seurjan.

D'atindye. D'on kô d''é ouyi plorâ on popon. De kou. Mé lavèlyuza é teurzheu itye !

- Vz intindyé pâ ? ke dlyi déje, u a la méma voué ke ma. Adon é bin ma le pâre !

L'a rju é me léche intrâ.

De mô yin. Doz infremyére lâvan le popon u fon dla shinbra. La Rnée é étulyè dyin sa kusha. Le se pane la fgeura. L'a l'è lasse. De môde lé kontre lya.

- Ma-tou k'i vé ?

- Teu môde byin, te markora pâ... E on-na felya !

On-na felya ! E don ntra Marie-Claude !

La Rnée a l'è lasse. D'akape on moshu prôpre su le plakâ é de pane avoué amtyè sa fgeura. L'é blantyona.

- Â-te ayo bin mâ ?

- Ô vouè ! Le rpon d'on-na voué bâssa. D'âre volyu mori

- E bin vatya on brâve nyô plin de vya, shanpe l'infre-myére ke pouze a flan dla Rnée on-na brâva pryouta rneulye avoué on-na fgeura rouza. Se pôte arétan pâ de brassâ. On dire ke le vo dézhè le tètè de sa mâra.

Le soir, rassemblement. Repas gamelle. Dortoir. Couvre-feu à 21h.

Le lendemain, 6h. Sonnerie de clairon. Lever, débarbouillage, déjeuner, course à pied. Prise d'armes. Je reçois un fusil. Maniement d'armes. L'après-midi, exercice de tir

Le 15, prolongation du stage pour perfectionnement, jusqu'au 26 !...

Je reçois une lettre de Renée. Elle entre à la maternité. L'accouchement est prévu en principe pour le 28.

Le 28 avril, j'arrive en courant à la maternité de Chambéry. Je trouve le service, la chambre. Une sage-femme pleine d'autorité et d'humour, (ce qui est rare !) me barre l'entrée :

- Attendez, l'enfant n'est pas encore né ! .

- Mais je suis le père !

- Est-ce bien sûr ? me dit-elle en souriant.

Attente. J'entends pleurer un bébé. Je fonce. Mais, la sentinelle est toujours là !

- Vous n'entendez pas ? lui dis-je, il a la même voix que moi. Alors c'est bien moi le père !

Elle rit et me laisse passer.

J'entre. Deux infirmières lavent le bébé au fond de la chambre. Renée est allongée dans un lit. Elle s'essuie le visage. Elle a l'air fatiguée. Je vais vers elle :

- Comment ça va ?

- Tout va bien, te tracasse pas... C'est une fille !

- Une fille ! C'est donc notre Marie-Claude !

Renée a l'air fatiguée. Je prends un mouchoir propre sur l'étagère et j'essuie tendrement son visage. Il est pâle.

- Tu as eu bien mal ?

- Oui, répond-elle faiblement. J'aurais voulu mourir !

- Eh bien voilà un cadeau plein de vie, lance l'infirmière qui dépose à côté de Renée une jolie petite grenouille au visage rose. Ses lèvres n'arrêtent pas de bouger. On dirait qu'elle cherche déjà le sein de sa mère.

- Le vodre dézhè tètâ ?

- Vô myu aspètâ on momin, shanpe on-n'infremyéra.

La Marie-Claude, ntra brâva menyona, ntra felya !... L'a pâ l'è pro kontinta ! Fô lyi balyé le tètè !

E myu d'aspètâ onko on pyo !

- Tou ke ve lyi betâ pâ lou bré dyin lou pyè ? Ke déminde la Rné ?

- Pâ du kô. On vé aspètâ on zheu ou do.

De venye kontre. D'argâde ma felye é de si teu brouyè. Avoué on da, de kareche sa gouansha. L'é dossa, dossa ! De la gateulye dzeu le kolin. Sa ptyouta man agrope mon da é le mantin fo. De si tan brouyè ke d'é le lâmre ke monton a lou ju.

De rèste teuta la vèlyè. De m'aréta pâ d'argadâ chô ptyou bokon de sho ke gargôlye dyin sou pyé. Ke l'é brâva, on-na marvelya !

A la fin, le pou tètâ sa mâra ! Le ba on bon kô pe s'artrapâ, é s'indrume.

La nué étan itye, l'avèlyuza ke m'âme pâ tan, me fé parti fou dla matèrenitâ.

- De rvindra dman ! Ke de déje in modan.

De rvenye le luindman é onko le zheu d'apré. Le trajéme zheu de fache la banboula. On-na krué, la mâre é pâ onko itye. juste on-na krué banboula avoué lou konyâtu. .

On zheu apré, de si on bokon « mâyè », mé akapâ yô a Shanbaran, tan k'u 20 de juiyè !

Le 21, de tourne al voule lé a Vlâ-Béné.

De si bin seurpra, la Marie-Claude é shé nz ôtre. On-na zhué ! La mézon é plana de ptyou kouinamin neuvyô, ke bétan de boure u keu...même la nué !

Kin la Rnée é la Marie-Claude son teute dué arvâ à la mézon, l'étan aspètâ avoué la famelya; lou vézin; louz ami, on-na bona tâble é on bon vin !... I fachéve byô ! Mé, la féta shanvi... ma to lou kô, é arvâ le krué tin !

- Elle voudrait déjà téter ?

- Il vaut mieux attendre un peu, dit une infirmière.

Marie-Claude, notre jolie mignonne, notre fille !... Elle n'a pas l'air très contente ! Il faut lui donner le sein !

Il vaut mieux attendre un tout petit peu !

- Vous ne lui mettez pas les bras dans les langes ? Demande Renée.

- Pas tout de suite. On va attendre un jour ou deux.

Je m'approche. Je regarde ma fille avec émotion. D'un doigt, je touche sa joue. Une douceur extraordinaire ! Je la chatouille sous le cou. Sa petite main agrippe mon doigt et le tient ferme. Je suis si ému que j'en ai les larmes aux yeux.

Je reste toute la soirée. Je me lasse pas de regarder ce petit bout de chou qui vagit dans ses langes. Quelle merveille !

Enfin, elle peut téter sa mère ! Elle boit un bon coup, histoire de se rattraper, et s'endort.

La nuit arrivant, la surveillante, qui m'aime pas, me fait quitter les lieux.

- Je reviendrai demain ! dis-je en partant.

Je reviens le lendemain et le surlendemain. Le troisième jour, je fais la fête... Une petite, la maman n'est pas encore llà. Juste une petite entre copains !...

Un jour après, je suis un peu « flottant », mais réquisitionné à Chambarant, jusqu'au 20 juillet !...

Le 21, je reviens en hâte à Villard-Benoît.

Heureuse surprise, Marie-Claude est chez nous. Une joie ! La maison se remplit de petits cris nouveaux qui réchauffent le cœur… même la nuit !...

Quand Renée et Marie-Claude rentrèrent à la maison, elles étaient attendues avec la famille, les voisins, les amis, un bonne table et du bon vin !... Mais après la fête...comme à chaque fois, vint le mauvais temps !...

15) La drôla de guéra

Le 26 d'ou, rékizichon pe de bon. Amouélâ lé a la gâra de Pontsharrâ. Partinsa dyin lou gamyon militère pe le fo du Bourcet.

Yô u fo, ryin é poué aprèstâ. Paketazhe militère mâ fé, kman é kontre-kman; instalachon de mèrda.

Le luindman on vé triyé in vitèssa. De me fache promessa de tni to lou zheu on « journal de bord » pe ke de chuche yo ke d'in si.

Le 20 d'otôbre, teu môde pe vite : on s'inmôde in gamyon. Pe modâ yo ?... Sgrè définsa !

Le 22, arvâ a Stenay-Montmédy, dyin la Meuse. Teurzheu la méme ouvra forchè : dékapâ le matin, nètyazhe de lez âmre, dépatroyazhe de la kora, bouryé de pelaye.

Le 22 de novinbre, partinsa p'on sâ pâ yo. Arvâ a Bréville. Oui zheu. On fé ryin. Pâ parmi de modâ fou dla kazèrna.

Le 4 de déssinbre, on môde in in gamyon. Sakou, brassâ, pijè. Arvâ a matyè brekâ a Damblain-Angeville. Neufchâteau dans les Vosges.

Grou ézhavi de kontèstachon de to lou sodâ dyin le treupé : « Ka-tou k'on fé ?... On chè a ryin !... Kan-tou k'on vé se tapâ ?... On nze di ryin !... Pâ on-n'informachon ! On é to in vakinse ! ».

On kapiténe :
- Vez in faché pâ, vz âri bin l'okajon de ve batayé !.... Vz âlâ argrètâ adon, vtron « tourisme ! ».
- Mé; on pou pâ i krare ! On chè pe de ryin ! Fô k'on nze léchisse shé nz'ôtre i... Ya tan d'ouvre a la mézon !

15) La drôle de guerre

Le 26 août, réquisition définitive. Rassemblement en gare de Pontcharra. Départ en camions militaires pour le fort Bourcet.

Au fort, rien n'est prévu. Paquetage militaire incomplet, ordres et contrordres, installation provisoire.

Le lendemain, exercice de tir à la va-vite. Je me promets de tenir tous les jours un « journal de bord », pour me repérer.

Le 20 octobre, l'activité s'accélère : départ en camions. Quelle destination ?... Secret défense !

Le 22, arrivée à Stenay-Montmédy dans la Meuse. Toujours le même entraînement intensif : décrassage matinal, nettoyage des armes, nettoyage de la cour, corvée de pluches.

Le 22 novembre, départ pour l'inconnu. Arrivée à Bréville. Huit jours. Rien à faire. Sortie de caserne interdite.

Le 4 décembre, départ en camions. Secoués, trimballés, brinqueballés. Arrivés à moitié cassés à Damblain-Aingeville Neufchâteau dans les Vosges.

Mouvements de contestation générale dans la troupe : « Qu'est-ce qu'on fait ?... On sert à rien ! Quand va-t-on se battre ?... On n'a pas d'informations !...On ne nous dit rien ! C'est du tourisme ! »

Un capitaine :

- Ne vous en faites pas, vous aurez bien l'occasion de vous battre !... Vous regretterez alors votre « tourisme » !...

- Mais, c'est pas croyable ! On sert à rien ! Qu'on nous laisse chez nous, il y a tant de travail à la maison !

- E on-na drôla de guèra, brame le kapiténe, mé portan é la guèra !... Gamelin a pra on bokon de l'Allemagne, ul é in Bèljika, mé u môde pâ in avan !...»

Bèbère, on vré Breton, borla :

- Adon ! Brassâ le ku de Gamelin !

Le 30 de déssinbre, on môde... Arvâ a Diedendorf- Keskatel dyin le Bas-Rhin.

Shalinde a Diedendorf. « Couvre-feu » !

Nyon sâvan yo ke son louz Allemands, mé u son itye... Le « couvre-feu » é forchè... La vela é nara. Nyon plou shmin. Kôke sodâ matyè tyouk son amâssâ pe lou gâpyan militère.

Dyin la zheurnâ on béte le nâ defou kin on pou. La môda é plu du méme. Ya de fène ke kilan su lo shapé kôkez avyon, kôke tank. Yin a méme yeuna k'a on drapé dla Frinsa teu dra intre lez oureuye !...

Le vépre, kôke sivlete nare se dépashan de modâ lé kontre l'églyiza. Kôke vyu reklyan de la rlijon arivan tan k'a ntra shinbrâ. Kôke sodâ pro gué grigotan ; « Les anges dans nos campagnes » ou onko kôke bokon de « Te Déum »... Le klyôshe sounan pâ.

Chô an le « Père-Noël» é mouè !..

De grefenye kôkaryin de rakrô pe la famelya. E « la drôla de guèra », ke de lo déje. On fé ryin. On borle l'éssinsa é on a le dura- tin. E vz'ôtre ? Ma-tou k'i môde ?... La ptyouta Marie-Claude, ma-tou ke le vé ? Balyé-me poué de neuvéle de la ptyouta !... D'é le dura-tin !...

E on-na déminda vouada ke de me déje, parka de sé ke d'ârra fotu le kan de sla vela avan d'ava le rpon... Le lètre ne venyon pâ apré nz'ôtre !... La rabya !

Le 2 de zhanvyé 1940, on s'inmôde de Diedendorf. Arvâ a Audviller, in Mosella.

«Ka-tou k'on atin ?» Teurzheu la méma lima. On lyeutenin pré du Bon Dye :

- Pachinsa, pachinsa. I fô mzantâ !

- Mé parka ? borle ntron Breton ! E nz'ôtre k'on a déklarâ la guèra. E nz'ôtre ke fô atakâ !

- C'est une drôle de guerre, crie le capitaine, mais c'est la guerre !... Gamelin occupe une partie de l'Allemagne, de la Belgique, mais il n'avance pas !... »

Gilbert, un vrai Breton, hurle.

- Alors ! Remuez le cul de Gamelin !...

Le 30 décembre, départ... Arrivée à Diedendorf- Keskastel dans le Bas-Rhin.

Noël à Diedendorf. Couvre-feu !

Personne ne sait où sont les Allemands, mais ils sont là... La ville est noire. Dans les rues, quelques fantassins à moitié ivres sont ramassés par la police militaire.

Dans la journée on met le nez dehors. La mode change. Des femmes arborent sur leur chapeau des avions, des chars d'assaut. Y en a même une qui porte un drapeau français droit entre les oreilles !...

Le soir, des silhouettes noires se pressent vers l'église. De vagues refrains religieux parviennent jusqu'à la chambrée. Des militaires en gaieté fredonnent « Les anges dans nos campagnes » ou des bribes de « Te Deum »... Les cloches ne sonnent pas.

Cette année le Père Noël est muet !...

J'écris à la famille. C'est « la drôle de guerre », dis-je. On ne fait rien, on brûle de l'essence et on s'ennuie. Et vous ? Et vous ? Comment allez-vous ? La petite Marie-Claude, comment est-elle ? Donnez-moi des nouvelles de la petite !...

C'est une « demande à vide », car je sais que j'aurai quitté la ville avant le retour de la lettre... le courrier ne suit pas !... La rage !

Le 2 janvier 1940, départ de Diedendorf. Arrivée à Audviller, en Moselle.

« Qu'est-ce qu'on attend ?» Toujours les mêmes protestations. Un lieutenant près du Bon Dieu :

- Patience, patience. Il faut patienter !

- Mais pourqoi ? hurle le Breton. C'est nous qu'on a déclaré la guerre. C'est à nous d'attaquer !

- Pachinsa, di onko le lyeutenin-kyèto. On léche Hitler s'étofâ dyin le blocus é on vé l'akapâ teu koué apré !

- Teu koué ! Te pârle, borle Zhilbè, u son apré se rfâre apré la Pologne é van nze tombâ dsu !

Le 12, konvokachon shé le kapiténe.

- Sodâ Jean-Sébastien Bouvier, vz'alâ passâ le parmi de modâ avoué la motô. Ve kminché voui, dzeu le kman du mâzhor Thomson. Rompez !

Le kapiténe é mâ lunâ. De m'in fotye. A l'invèrsa de si pâ éryi de fâre kokaryin de ma pelaya.

La sapa du jéni. Le mâzho Thomson :

- T'â dézha fé de vélô ?... Bon !... Pâ le tin de forolyé dyin la mékanika,.. Du kô su le bregue é te te fé poué la man a sha-pou su le reute...

Le bregue é on-na New-Map 350.

De kminche : Gaz, frin, éssinsa, clic... De roule su le pra a plan. Le moteu romnye. Plakâ lou gâz. Betâ teu dou la vitèssa. Parti teu do, in darandalan... De pâsse a fran d'on-na moralye, pâsse a flan de do tra polaye é de file teu dra su on shmin de tèra k'é teu karabotu.

Fin de la sman-na. Premyèra michon : portâ on-na lètra a Fentrange. Balyé u kapiténe, a la man. Rteurnâ in sé, avoué on rpon grefenyè.

Le 2 de mâ, on léche teu sin k'on fé é on s'inmôde dyin lou gamyon.

Arvâ a Vittesbourg in Moselle. D'é plu la motô. On fé ryin onko on kô !.

Portan, le neuvéle son pâ bone. In Allemagne, i môde teurzheu pâ de l'avan. La Pologne, la Belgique son teute praze dapoué on vyazhe. Louz Allemands an passâ lez Ardennes ! Lou sodâ frinsé poué lou britanniques s'inmôdan ma u pouéchan lé kontre Dunkerque.

D'abo on bri kou, on bri de bote é de mo : louz Allemand atakan ! Le 2 de mé, on môde é ntron 93ème arive a Hévécourt dyin la Somme.

De grefenye su mon papyé : « Entrée en bataille ! »...

128

- Patience, répète le lieutenant-tranquille. On laisse Hitler s'asphyxier dans le blocus et on l'aura tout cuit après !

- Tout cuit ! Tu parles, crie Gilbert, i sont en train de se refaire après la Pologne et vont nous tomber dessus !

Le 12, convocation chez le capitaine.

- Soldat Jean-Sébastien Bouvier, vous passerez le permis de conduire moto. Vous commencez dès aujourd'hui, aux ordres du major Thomson. Rompez !

Le capitaine n'est pas de bon poil. Je m'en moque. Enfin, je vais faire quelque chose de ma peau !

Dépôt du génie. Le major Thomson :

- T'as déjà fait du vélo ?... Bon ! Pas le temps de faire de la technique !... Tout de suite sur la bécane et tu apprends au fur et à mesure.

La bécane est une New-Map 350.

- Je commence : Gaz, freins, essence, clic... Sortie sur le terrain vague. Le moteur rugit. Réduire les gaz. Enclencher tout doux la vitesse. Démarrage lent en zigzaguant... Je rase un mur, évite deux ou trois canards et file sur un chemin creux assez large.

Fin de semaine. Première mission : porter un pli à Fentrange. Remise en mains propres au capitaine. Retour, avec ordre écrit.

Le 2 mars, toutes affaires cessantes, départ en camions.

Arrivée à Vittersbourg en Moselle. Je n'ai plus de moto. L'oisiveté reprend.

Pourtant les nouvelles ne sont pas bonnes. L'occupation de l'Allemagne n'avance toujours pas. La Belgique, la Pologne sont envahies depuis longtemps. Les Allemands ont passé les Ardennes ! Les armées françaises et britanniques refluent vers Dunkerque.

Bientôt un bruit court, un bruit de bottes et de mort : les Allemands attaquent !...Le 2 mai, on part et nôtre 93ème arrive à Hévécourt dans la Somme.

Je note sur mon carnet : « Entrée en bataille » !...

16) La tarbalâ

Plu pâ on-na lenya !... De grefenye plu ! Plu le tin, plu on papyé, plu on grèyon... Ryin ke sôvâ ma pyô !

Louz Allemands nze groulan dsu. On i pinsâve pâ. Lou zhénérô nez djévan ke lou bouè dlez Ardennes pochévan pâ se franshi. Te va !

Adon, on é pâ pré ! Pe nz'aparâ on a poué slamin kôke ptyou shâ lèzhé, de ptyou tronblon a on kô, é pâ on avyon dyin louz è !

Lou Boshe, lo, nze venyan bâ dsu : panzers, kanon a moteu, avyon, mitraye, teu lo bazèstan ! E l'infè !

Lou stouka romnyan, le sirane bourlan, le bonbe pétan parteu teut a kô. La tèra grevoule dzeu ntrou pyé. Le bonbe abadan de montanye de tèra nara.To louz éklyapô, lou kalyo éketran parteu uteur de nz'ôtre, poué la tèra revin bâ avoué le bri d'on-na roulya, étope lou golè d'eume, kuvre le trinshè, béte in tèra llou sodâ.

Lou ron-namin dlou panzer nz'insordélan to. Yin a poué parteu. D'on kô de lo kanon, u fan éketrâ ntrou ptyou shâ ma si éta de nua. Lo kô de kanon son de vré kô de tounére. Lou kô de ntrou shâ lèzhé, de pét-a-ku de mèrda.

Kin yon de ntrou shâ tire su on panzer, l'obus fé le rbon su son aché. Le panzer se vire kontre ntron shâ é l'éklyape. Kin on shâ Renault ou on Shèrman arive a brekâ on-na shnelya d'on panzer é on-na grinda viktouéra !... Adon, on s'insôve ma de ramozè... On arkule in aryé !

Poué on se ravigôte ! On se bataye avoué la nira ! Mé on a pâ pro de ka, on é mâ organijè, mâ kmandâ, on pou méme pâ teni on-na lenya d'on fi pe nze défindre.

130

16) La bataille

Plus une ligne !... J'écris plus ! Plus de temps, plus de papier, plus de crayon... Rien que sauver ma peau !

Les Allemands nous foncent dessus. On s'y attendait pas. Les généraux nous disaient que les Ardennes étaient infranchissables. Tu parles !

On est donc pas prêt ! On a pour nous défendre que quelques chars légers, des pétoires à un coup et pas un avion dans le ciel !...

- Les Boches, eux, panzers, canons tractés, avions, mitrailleuses, tout leur bazar ! C'est l'enfer !

Rugissement des stukas, hurlement des sirènes, explosions des bombes. La terre tremble sous nos pieds. Les bombes soulèvent des montagnes de terre. Les éclats, les cailloux giclent partout, puis la terre retombe avec un bruit d'averse, bouche les trous d'hommes, recouvre les tranchées, ensevelit les soldats.

Les ronflements des panzers nous rendent sourds. Il y en a partout. D'un coup de canon ils font exploser nos chars légers comme des noix. Leurs coups de canons sont des coups de tonnerre. Ceux de nos chars, des crachats de merde.

Quand un de nos chars tire sur un panzer, l'obus rebondit sur le blindage. Le panzer se tourne et l'explose. Quand un char Renault ou un Sherman, arrive à casser une chenille de panzer, c'est une victoire !... Alors, on détale comme des rats... On recule !

Puis on se ressaisit ! On se défend avec rage ! Mais on n'a pas assez de matériel, on n'est pas assez organisé, on ne peut même pas monter une ligne continue de défense.

Louz ofiché nz'amouélan pe ptyou ilô de définsa : lou « érson » ! On s'amouéle uteur d'on-na fèrma, d'on kré, d'on ptyou bouè, on amâsse teu sin k'on trouve, kanon, fozi, mitrayoze, é on atin lou « Boshe ».

E la « définsa in érson » ! Si lou « Boshe » s'i tarboutan, u se pikan !

- U kminchmin i môde byin. Mé lou « Boshe » aparchavan vite k'u déyan pâ s'i tarboutâ a ntrou « érson ». U se farfâlan intre !

Ma ya plu on kouèrlè, plu on fi, plus on pekè, ke le radyô son gâte ou indamazhè, é ma ke de déye portâ lez informachon d'on «érson» a on ôtre.

De déye passâ intre lou érson ; justamin yo ke se mantenyan lou « Boshe » !

- Estafète, kire le kapiténe, pourta sla lètra al érson 24 ! I me fô on rpon grefenyè, du kô. Kou !

De kou in fibrakan. De dâye, de dâye intre le bâle, louz obu, tan prèsto ke de pouéche. E ma sin ke vé myu. Golè d'obu, golè de bonbe nyi de mitraya...

Do shâ Renault arivan dra dvan ma. Do stuka pikan su lo in arâzan la tèra. Dué rokete. Yona pe shâkon dlou shâ. Lou do shâ ékletran.

Lou stuka fan on konteur, me reveyan dsu. U m'an fakya vyu ! De me kile dzeu on pon. Louz avyon pâssan juste dsu ma téta. Vakâmre. Poué plu ryin.

D'arive u érson 24. Ya plu du érson 24 ! De moralye épronyâ, de trâ feman, de ko d'eume d'on flan de l'ôtre !... Orinda !

De revenye in sé kontre mon érson a ma.

- Estafette, portâ sla lètre u érson 13 !... Revni pron ! . Rompez !

De rmôde... De revenye.

- Estafète ! flâ u érson 7... De rmôde.

E ma sin to lou zheu... De pâsse intre le bâle, louz obus, intre lou golè de bonbe.

Les officiers nous rassemblent par îlots défensifs : des « hérissons » ! On se met autour d'une ferme, d'une butte, d'un bosquet, on regroupe tout ce qu'on trouve, canons, fusils, mitrailleuses, et on attend les « Boches ».

C'est la « défense en hérissons » !... Si les   « Boches » s'y frottent, i se piquent !

- Au début, ça marche bien, mais les « Boches » comprennent vite qu'ils doivent pas s'y frotter à nos « hérisson ». Ils se faufilent entre !

Comme il n'y a plus de téléphone, plus de fil, plus de potaux, que les radios sont cassées, c'est moi qui dois transmettre les informations d'un « hérisson » à un autre.

Je dois passer entre les « hérissons » : justement là où se tiennent les « Boches » !

- Estafette, crie le capitaine, portez ce message au hérisson 24. I me faut une réponse écrite. Vite !

Je pars en zigzagant. Je fonce ! Je fonce entre les balles, les obus. C'est la meilleure défense. Trous d'obus, trous de bombes, nids de mitrailleuses...

Deux chars Renault arrivent en face de moi. Deux stukas foncent sur eux en rase-mottes. Deux roquettes. Une pour chaque char. Les deux chars explosent.

Les stukas font demi-tour, reviennent sur moi. Ils m'ont peut-être vu ! Je me glisse sous un pont. Les avions passent sur ma tête. Vacarme. Puis plus rien.

J'arrive au hérisson 24. Plus de hérisson ! Des murs éventrés, des poutres fumantes, des corps par-ci par-là !... L'horreur !

Je reviens vers « mon hérisson » à moi.

- Estafette, portez ce message au hérisson 13 ! Retour rapide ! Rompez !

Je repars... Je reviens.

- Estafette ! Filez au hérisson 7... Je repars...

C'est comme ça tous les jours... Je passe entre les balles, les obus, entre les trous de bombes.

On zheu, on zhapamin de mitrayoze breke mon moteu, me klyou pe tèra. De fache on-na batikoula dyin la patyoka é de rèste abalordi. Poué, de rprenye éme é vouélye m'abadâ.

Le bâle pétan teut uteur de ma. De fache chô k'é mo. De rèste étulyè sin buzhé.

L'éssinsa de ma motô koule pe tère. Teu pron kô, le fouè akape ! Erozamin ke de si pâ a randa. De buzhe pâ. Ma fgueura kminche a grelyé ma on bif !

La zheurnâ in shinva plu. Surteu, pâ buzhé. De si u grin salua. Dzeu ma groussa varoza de brule. Le mouéshe me sar-klèyan, dez éklyapô de bonbe ou d'obu tonban uteur de ma. Le salua, onko le salua ! D'in é pro !

A la fin, la nué arive. Teu plan, in fachan la sarpin, de me glyiche dyin le golè de bonbe a flan. Ya l'éga un fon. Kôkaryin gargôlye dedyin. de sé pâ ka yé. De môde defou, me glyiche intre lou golè d'a flan. La lena k'é yôta, aluma teu yo k'ya fé la tarbalâ. De déye fâre on-na brâva sibla ! De fache la sarpin d'on golè de bonbe a on ôtre.

Teu pron kô, de krèye var dvan ma mon érson. Seulaz-hamin ! De kou.

Lou konyâtu me tiran dsu. De me shanpe pe tèra é de kire : « E ma !... E ma !... De si frinsé !...».

De brame onko é onko. On-na voué shanva pe me shanpâ de vni in avan !.... D'arive dyin le érson, bashoulyè d'apoué la téta tan ka lou pyé é m'étulye su lou botéron de palya.

U matin, pâ de kâfé !... E la débina !... On arkule teurzheu in aryé ! « Repli stratégique ! » kire le sèrjan.

On shanpe fozi, mitrayeuze, dyin teute le gamyonete. On fé éketrâ lou kanon trô pèzan. Lou sodâ sotan ma u pouéchon dyin lou gamyon.

On s'insôve !... On arkule in aryé ! La vargonya !

« Faut sauver l'armée ! » djéve Napoléon. Nz'ôtre on la sôve pâ, on s'insôve !

De si balan-nâ dyin on gamyon. On é dyin on payi ke de konyoche pâ. Louz ôtre pâ mé. On dâroule d'on « érson » a on ôtre, ma on pou.

134

Un aboiement de mitrailleuse casse mon moteur, couche ma moto, m'envoie valdinguer dans la boue. Je reste étourdi, puis, je tente de me lever.

Des balles crépitent autour de moi ! Je fais le mort. Les balles cessent. Je reste allongé sans bouger.

L'essence de ma moto coule. Brusquement elle s'enflamme ! Je suis assez loin. Je ne bouge pas. Mais j'ai une joue qui ressemble bientôt à un bifteck !...

La journée s'étire. Surtout, ne pas bouger ! Je suis en plein soleil. Sous ma vareuse, je brûle. Les mouches m'agacent, des éclats d'obus ou de bombes tombent autour de moi. Le soleil, encore le soleil ! J'en ai marre !

Enfin, la nuit arrive. Lentementt, en rampant, je me glisse dans le trou de bombe le plus proche. Il y a de l'eau au fond. Quelque chose barbote dedans. Je ne sais pas ce que c'est. Je sors, me glisse entre les trous voisins. La lune ronde éclaire le champ de bataille. Je dois faire une bonne cible ! Je rampe d'un trou à un autre.

Brusquement, je crois reconnaitre mon hérisson. Soulagement ! Je cours.

Les copains me tirent dessus. Je me jette à terre. Je hurle : « C'est moi !... Je suis français...».

Je hurle encore et encore. Une voix finit par me dire d'avancer !... J'arrive dans le hérisson, crotté de la tête aux pieds et m'affale sur des bottes de paille. .

Au matin, pas de café ! C'est la débâcle ! La débine. On recule ! « Repli statégique ! » crie le sergent.

Fusils, mitrailleuses, sont jetés dans les camionnettes. On explose les canons trop lourds. Les copains grimpent tant bien que mal dans les camions.

On se sauve ! On recule ! La honte !...

« Faut sauver l'armée ! », disait Napoléon. Nous, on ne la sauve pas, on se sauve !

Je suis ballotté dans un camion. On est dans un pays que je ne connais pas. Les autres non plus. On erre d'un « hérisson » à l'autre, comme on peut...

Plôzhe in égavazhe ! Lou stuka se plakan. On vin bâ dlou gamyon. On patreuye dyin la patyoka. Tarapon. De m'in môde. De sé pâ yo ke de si.

- Yo-tou k'on môde ?... Kontre Paris ?
- Te pinse. Paris !

Ya plu on érson, plu on-n'épena, plu ryin. On fo le kan ! Le bâle sublan uteur de nz ôtre. On pepe pâ on mo. On arkule in aryé teurzheu. La rabya, la nira !

E i dure ma sin, plujeu zheu.

On arkule sin se tapâ. on a pâ le tin, pâ lez âmre, pâ la fourcha.

On é to matya kréve. On se trane. Pe teu sin k'on fé, fô on-na fourche du dyâble. Lou « Boshe », lo, parassan ava on-na frega pâ ordinéra.

- Para k'u son borâ a mori ! me di le sèrzhin.

Pe le momin, la mo é pe nz'ôtre ! ... La nira, la rabya, la po u vintre, parteu.

A la fin de juiyè, é la kapitulachon ! E La fin dla guèra. La fin de teu, de sla tarbalâ, de sla krué mayalâra ! ... E tan myu !. On a pâ ganyè !... Elâ !

On é to amouélâ dyin on grin prâ, intre de kabatan-ne fabrekâ a la kouéta, mé de sé pâ yo k'on é.

Brassâ a on bré, de sodâ nze fan modâ lé kontre sle kabatan-ne. On pouze nez âmre, ntrou tronblon, ntre péta-ku, teu. D'é plu ryin...

Daryé le kabatan-ne, ya on shmin de fè avoué on-na mézon blinsha k'on dire on-na gâra. On trin aspéte. Pâ on panô, pâ on non!

Bré bali-balan, de môde lé kontre la mézon ke fé la gâra . Ya on moué de zhin ! De si ma dyin on réve. Ma motô de l'argréte poué. De vodre dâyé onko ! Loz i dâyé dsu a to slou « Boshe » de mèrda ! Lo moutrâ koui on é !... K'u rteurnissan vite to shé lo !

- Inteurnâ in aryé shé vz'ôtre ! Kire dyin on pourta-voué on avèlyu a zhoshon su on sédyolè... «Vni in avan, kontre la gâra, passâ a lou portlyon, on avèlyu ve bâra vtrou papyé militère».

Pluie diluvienne. Les stukas se calment. On descend du camion. On patauge dans la boue. Brouillard. Je sais pas où l'on est.

- Où on va ?... Vers Paris ?
- Tu parles, Paris !

Y a plus de hérissons, plus d'épines, plus d'aiguilles, plus rien. On décampe. Les balles sifflent autour de nous. On dit pas un mot. On recule toujours. La rage, la colère !

Et ça dure comme ça, plusieurs jours.

On recule sans se défendre. On n'a pas le temps, pas les armes, pas la force.

On est tous crevés. On se traîne. Tout déplacement demande un effort surhumain. Les boches, eux, semblent avoir une énergie formidable.

- Paraît qu'i sont drogués à mort ! Me dit le sergent.

En tout cas, la mort, c'est pour nous ! La hargne, la rage, la peur au ventre, aussi.

Fin juillet, c'est la capitulation ! C'est la fin. La fin de tout, des combats, de cette sacrée boucherie !... Tant mieux !

On n'a pas gagné !... Hélas !

On est tous rassemblés dans un grand champ, entre des baraques construites à la hâte. Je ne sais pas où on est.

Brassard au bras, des militaires nous dirigent vers ces baraquements. On rend nos armes, nos pétoires, tout. Je n'ai plus rien .... !

Derrière les baraques, il y a une voie ferrée avec une maison blanche qui ressemble à une gare. Un train attend. Pas de panneau, pas de nom !

Bras ballants, j'avance vers la maison. Y a foule ! Je suis comme dans un rêve. Ma moto me manque. Je voudrais foncer encore ! Leur foncer dessus ces «Boches» de malheur ! Leur montrer qui on est !... Qu'ils retournent chez eux !...

- Retour dans vos foyers ! crie dans un porte-voix un planton juché sur un tabouret ... «Avancez vers la gare, passez aux guichets; une sentinelle vous rendra votre livret militaire ».

Ya plujeu portlyon. Dez ékorteure nare su de karton blin son betâ dyin l'ourdre de l'arfabè. De véye le portlyon « B ». De me farfâle, brasse lou kode, akape mon papyé. De l'uvre :

« Ordre du Général commandant la VIIème armée, en date du 24 06 40.

Jean-Sébatien Bouvier a fait preuve au combat d'endurance et de courage. Motocycliste de l'unité, il a assuré sans relâche les liaisons intérieures de la Batterie, avec un mépris complet du danger sous le feu ennemi.
La présente citation comporte attribution de la croix de guerre avec l'étoile de bronze. »

La krua de Guèra !... Teu le monde l'an pâ, é cheû... Le me fé plézi... mé l'é poué ryin ke le pri de ma pyô ! .
On é le 17 de juiyè 1940.
- Yo-tou k'on é ?
- Compiègne ! me kire on-na voué.
- E pâ vré, borle on-n'ôtre, é Dunkerque !
- Ka-tou ke te t'in fo, rshanye on bidasse mokran, dman t'é shé ta !
De me vire é de rkonyoche Gilbert, le Breton !
Ul a rézon !
De sote yô dyin le trin. De m'étarnelye in shin de fozi u mintin dlou trepyé ke druman to dézhè ma de plô, to voutrâ dyin lou vagon.
Kin de me dévèlye : « Shanbri ! » Â, itye, vouè de konyoche !

Il y a plusieurs guichets. Des lettres noires sur cartons blancs indiquent un ordre alphabétique. Je repère le guichet « B ». Me faufile, joue des coudes, prends mon livret. Je l'ouvre :

« *Ordre du Général commandant la VIIème armée, en date du 24 06 40.*

Jean-Sébastien Bouvier a fait preuve au combat d'endurance et de courage. Motocycliste de l'unité, il a assuré sans relâche les liaisons intérieures de la Batterie, avec un mépris complet du danger sous le feu ennemi.
La présente citation comporte attribution de la croix de guerre avec l'étoile de bronze. »

La croix de guerre !... Tout le monde ne l'a pas, d'accord, mais ce n'est que le prix de ma peau !...
On est le 17 juillet 1940.
- Où sommes-nous ?
- A Compiègne ! me crie une voix.
- C'est pas vrai, hurle une autre, c'est Dunkerque !
- Qu'est-ce tu t'en fous, ricane un bidasse ironique, demain t'es chez toi !..
Je me retourne et reconnais Gilbert, le Breton !
Il a raison !
Je monte dans le train. Me couche en chien de fusil parmi tous les bidasses qui roupillent déjà, vautrés dans les wagons.
Quand je me réveille : « Chambéry ! » Ah, là, je connais !

17) Le maki

Dyin le gamyon ke m'inméne de Shanbri lé a Pontsharrâ, d'uvre le fon dla bâshe : de véye passâ to lou payi de mon éfansa. E ma vya, ma zhuénessa ke de véye déflâ dvan ma. E kma dyin on réve !

Kin d'arive a Vlâ-Béné de krèye teurzheu révâ. E teu trô brâve ! La Rnée é itye. On s'inbrache. Le pourte dyin lou bré ntra ptyouta Marie-Claude k'a bin krachu é ke m'argâde avoué sou ju tan do. De l'akapere bin ma avoué dyin mou bré, mé le me rkonyo pâ é l'a on pyo po... Pachinsa !...

Sin ke le zhénérô di pâ dyin mou papyé militère, é ke la guèra a fé de ma on ôtre eume... Ma l'in a marolyè mé d'yon, in skilè d'abo, mé onko in drôle de sargan avoué le sarvyô sin dsu dzeu...

De sé ora ke la vya é on pè de lapin, ke le vô mouin ke ryin.

Le tin k'a on fi. Fô n'in rire, méme dyin lou pe mouvé momin. On-na ptyouta bâla ke voule, é ya plu nyon. Plu ryin ! Dzeu louz falbala, louz aprèstonâ, dzeu to lou flon-flon, ya plu ryin.

Ma on skilè avoué louz ou teu blin, nètyè prôpre pe lou sharonyâ, de me sintye rétréssi a l'ou, lâvâ de teute le po. La mo é teurzheu itye, parteu, a to momin. De l'argâde dra dvan. Surteu pâ moutrâ le pe ptyoute markorinse. Lou ju dyin lou ju, é modâ de l'avan...

La konechinsa de chô vouade, petou ke de m'amorti, me bâlye on-na libèrtâ sin fin. Plu ryin ke fé po, parka ya plu ryin a émoshé. La vya ? On pou la zheuyé to lou zheu a l'indra a l'invè é fô zheuyé, zheuyé teu le tin, ôtramin... on é mo.

17) Le maquis

Dans le camion qui m'emmène de Chambéry à Pontcharra, j'ouvre le fond de la bâche : je vois passer tous les paysages de mon enfance. C''est ma vie, ma jeunesse qui défilent devant moi. C'est comme dans un rêve !

L'arrivée à Villard-Benoît me paraît irréelle. Tout est trop beau ! Renée est là. On s'embrasse. Elle porte dans ses bras notre petite Marie-Claude qui me regarde avec ses yeux si doux. Je la prendrais bien moi aussi dans mes bras, mais elle ne me reconnaît pas et a un peu peur... Patience !...

Ce que le Général ne mentionne pas dans mon livret militaire, c'est que la guerre a fait de moi un autre homme... Comme elle en a transformé plus d'un, en cadavres d'abord, mais aussi en drôles de types avec la cervelle à l'envers...

Je sais maintenant que la vie est dérisoire, qu'elle ne vaut rien.

Elle ne tient qu'à un fil. C'est une rigolade, même dans les pires moments. Une petite balle qui passe et plus personne ! Plus rien ! Sous les décors, les décorums, sous les flons-flons, il n'y a rien.

Comme un squelette aux os blanchis, nettoyés par les charognards, je me sens réduit à l'os, lavé de toutes les peurs. La mort est toujours là, partout, à tous moments. Je la regarde en face. Surtout ne pas montrer la moindre appréhension. Les yeux dans les yeux et foncer !...

La conscience de ce vide, loin de m'anéantir, me donne une liberté immense. Plus rien à craindre, puisqu'il n'y a plus rien à perdre. La vie ? Ça se joue tous les jours à pile ou face et il faut jouer, jouer sans cesse, sinon on est mort.

In atindyan de me léche dodlinâ pe la dosse Rnée, é ntra ptyouta maravelya ke d'adossa a shapou. L'é fréshe, l'é brâva, dossa, é la nué le drume mé ke nz'ôtre. E la vya.

E lya la vréta vya, é pe sin le vô teute le zhué du monde.

De rakape teu plan mez abitude é mouz anchin travé. Pâ onko le travé a l'uzena, d'é bin le tin ! Mé, lez âvelye, le myè, la venya, lou viron in montanye… Pâ la shassa. On fozi dyin le man pe le plézi, nè, pâ onko !

La vya de to lou zheu me para sin gu, a plan. Fâre le sodâ, la guèra, k'é taribla portan, si mouvéza, mé ke brasse tan, me fachéve tapâ le keu. On é inportâ de ko é d'âmre ! E teu du lon a la vyé ou la mo…

Mé é pâ on-na vya !… E la mo ke se déméne !

Vô myu ke de rvenyisse pe de vré on vivan !…

Tan k'in 43, on a étâ éro, a pou pré a la kyèta a Pontsharrâ. Mé aprè l'arvâ dlouz Américain dyin le Sud, lou Pyémonté avoué lo shapé a plome se san rtriyè. Slou vré satan de Boshe, rèstan plu daryé la lenya de démarkachon. Ul akapan teuta la Frinsa.

A Pontsharrâ, é ma lou dorifôre ! Yin a parteu. U trafegan dyin le sharire in side-cars, in vouateura, avoué lo shâ, ma si ul étan shé lo ! Non, mé !

De sé ke lou maki se bétan in ourdre. De mô dyin le « maki de la mozhe » k'é kanpâ in sgrè dyin le gourzhe du Brédâ. De pouéche pa fâre ôtramin.

Premyé kô ke d'i mô, é nué, dyin la kabatan-na dsu la sin-trâla dla trassinti. Seurpraza : Jachy é itye avoué. U fé le prézin-tachon. Le son vite féte. Ryin ke de zhuéne, k'an a pana vint an. De fache chô k'é on vyu, k'a fé la guèra é ke s'i konyo !

Ul an poué to la frega taribla de se tapâ kontre louz Alle-mands.

- Lou boshe avèlyan teu, di yon. La rota de Grenôble, le pon dla Gâshe, le mintin de la vela, le sindi é u son yô u fo Bar-raux. On di k'ul i sâran lou Zhuif !

142

En attendant, je m'abandonne aux douceurs de Renée et à notre petite merveille que j'apprivoise peu à peu. Elle est fraîche, elle est jolie, douce, et la nuit elle dort plus que nous. C'est la vie.

Elle est la vie et pour ça, elle vaut toutes les joies du monde.

Je reprends tout doucement mes anciennes occupations. Pas encore le travail, j'ai bien le temps ! Mais, les abeilles, le miel, la vigne, les balades en montagne... Pas la chasse. Un fusil dans les mains pour le plaisir, non, pas encore !

La vie de tous les jours me parait, morne, plate. L'armée, la guerre, si terribles pourtant, mais si actives, si risquées, me semblent plus palpitantes. On est engagé corps et âme. C'est tout le temps à la vie à la mort...

Mais ce n'est pas une vie !... C'est la Mort en action !

Mieux vaut que je redevienne simplement vivant !...

Jusqu'en 43, on a été à peu près tranquilles à Pontcharra. Mais après le débarquement des Américains dans le Sud, les Italiens avec leurs chapeaux à plumes, se sont retirés. Ces satanés Boches ne se limitent plus à la ligne de démarcation. Ils occupent toute la France

A Pontcharra, c'est une invasion. Il y en a partout. Ils circulent dans les rues en side-cars, en voitures, en chars, comme en terrain conquis ! Non, mais !

Je sais que les maquis s'organisent. Je m' engage dans le « maquis de la Vache » cantonné en secret dans les gorges du Bréda. Je peux pas faire autrement.

Premier contact, de nuit, dans la cabane au-dessus de la centrale électrique. Surprise : Jacky est là, lui aussi. Il fait les présentations. Elles sont vite faites. Que des jeunes, des ados ! Je fais figure d'ancien tout auréolé de gloire !...

Ils sont tous pressés d'en découdre avec les Alllemands.

- Les boches contrôlent tout, dit l'un. La route de Grenoble, le pont de la Gâche, le centre ville, la mairie et ils occupent le fort Barraux ! On dit qu'is y enferment des Juifs !

- Sin k'é pi, shanpe on ôtre, é surteu k'ya de rdizeu dyin le zhin k'ébruitan lou Zhuif !

De déje pa trô ryin. De déminde :

- Tou ke vz'éte cheû de teu sin ?

- Nè, pâ teut a fé, me rpon chô ke para le kapô. Fôdra teu vérifyé.

U son to d'ako. De déje slamin ke si i fô, u pouéchon vni kashé kôkez âmre shé ma...

Â, i trane pâ. Tra nué pe tâ, in grin sgrè é sin fâre on bri, ul amouélan avoué ma dyin la tena de mon sarteu, dinamita, fi Beekford é do barâ de podre a kanon. On kuvre teu avoué de posson. Dué mitrayete son alnyè dzeu lou kardon é ni vyu ni konyu !

Chè, é konyu de la Rnée ! Le se markore on moué é déminde to lou zheu, si on vé d'abo shanpâ fou slou mouvé kortlyazhe !...

Le rpon é teurzheu du méme : « Slou du maki, van d'abo vni louz akapâ ! »

- Le pire, lance un autre, c'est qu'il y a des mouchards dans la population qui dénoncent ces juifs !

Je ne dis trop rien. Je demande :

- Vous êtes sûrs de ces informations ?

- Non, pas vraiment, me répond celui qui semble faire le chef. Faudra contrôler tout ça !

Ils sont tous d'accord. J'ajoute simplement, qu'en cas de besoin, ils peuvent camoufler quelques armes chez moi...

Ah, ça ne traîne pas. Trois nuits plus tard, en grand secret, ils entassent avec moi, dans la cuve de ma cave de la dynamite, des cordons Beekford et deux barils de poudre à canon. On recouvre le tout avec des sarments. Deux mitraillettes sont couchées sous les cardons et ni vu ni connu !

Si, c'est connu de Renée ! Très inquiète, elle demande tous les jours, si on se débarrasse bientôt de ces dangereux légumes !...

La réponse est toujours la même : « Les maquisards vont venir les prendre bientôt ! »

18) Fâre éskapâ lou Zhuif

D'é shanvi pe rteurnâ lé al Papetri de Frinsa.
L'uzena vire teu plan.
On vépre ke d'étin apré m'aprèstâ pe parti u travé, on
zhuéne ke de konyoche pâ, arive dvan ntra pourta :
- Lou Boshe èskapan lou Zhuif du fo Barraux dyin de ga-
myon dman matin !
- Koui-tou ke t'é ?
- Le maki
- Tou ke t'é cheû de sin ke te di ?
- Kâzmin !... Mé on pou pâ rèstâ a ryin fâre !... Nyon
sâvon yo k'u van, mé u son forchè de passâ pe la Gâsha... On
a forolyè on-na trapa itye-lé juste avan Shaparèyan !

- Mé si u filan lé su Grenôble ?
- Itye-lé, é lou maki de Theys é slou de la Tarassa ke lou
batyon.
- E nz'ôtre, on é seulè ?
- Nè, lou maki de Shaparèyan é dle Mârshe batyon la rote
de Shanbri, inbârkon lou prézonyé, poué nz'ôtre on akape lou
Boshe su Pontsharrâ.
De véye k'é on-n' afâre aprèstâ é bin organijè. De
mzante. D'é onko de chouze a démindâ, mé le zhuéne a tan la
frega.
De môde avoué chô du maki. La Rné se markore :
- Fé poué atinchon ! Te vé pâ...
- Nè, nè bacheû. Te markore pâ ... Te vé être éroza, on
vé nètyé ntrou kortlyazhe...
Su la plassa, traz eume kashè daryé le bashé, venyon
avoué nz'ôtre. On akape lez âmre dyin mon sarteu, la dinamita,

18) La Libération des Juifs.

Je reprends mon travail aux Papeteries de France. L'usine tourne au ralenti.

Un soir, alors que j'allais partir au travail, un jeune inconnu surgit devant notre porte :

- Les Boches embarquent les Juifs du fort Barraux dans des camions demain matin !

- Qui es-tu ?

- C'est le maquis

- Es-tu sûr de ce que tu dis ?

- Presque !... Mais on peut pas prendre le risque de rien faire !... Personne sait où ils vont, mais le passage obligé c'est par la Gâche... On a prévu une embuscade avant Chapareillan !

- Mais s'ils filent sur Grenoble ?

- Là, c'est les maquis de Theys et de la Terrasse qui les bloquent.

- Et nous, on est seul ?

- Non, les maquis de Chapareillan et des Marches bloquent la route de Chambéry, embarquent les prisonniers, pendant que nous on se charge des Boches sur Pontcharra.

Je vois que c'est une vaste opération prévue et organisée. J'hésite, j'ai encore des questons, mais le jeune piaffe d'impatience.

Je sors avec le maquisard. Renée s'inquiète :

- Sois prudent ! Tu ne vas pas.. .

- Non, non bien sûr. Ne te tracasse pas !... Tu vas être contente : on va débarrasser nos « légumes »...

Sur la place, trois hommes cachés derrière le lavoir, nous rejoignent. Nous prenons les armes dans ma cave, la dy-

lou fozi a mitraya, le bâle... Ne léchin lou do barâ de podre dyin la t'ena...

De kou lé a mon uzena. I fé nué. E teu a plan. Lou bregue ron-nân teu dou. Jacky é pâ itye, bacheû. De déminde a Zhourzhe si u pou ouvra par ma.

- Ô, bacheû ! Pe sin k'ya poué a fâre sta nué !...

De kou; lé avoué louz eume ke se kashon teu du lon de la rota nachonâla. U me bâyon on Sten.

A l'ârba du zheu, lou gamyon allemand, venyon bâ du fo, s'émoushan lé kontre Shanbri, teu du lon de l'Izera. Pou de sodâ. Do side-cars slamin.

P'on kô, u vouélyan fâre lo ganglyéra inkonyitô, é pe sin ke de me déje.

On-n' èsplojon fé sotâ on bokon du molâ, inbyâre teuta la rote. Tra sodâ allemand sotan fou dlou gamyon, triyan ma de borlyô.

Slou du maki triyan avoué. Lou tra sodâ son touâ. Lou do side-cars viran in aryé, é filan lé kontre la Gâshe. On lo triye dsu pe ryin.

Lou Zhuif sortyon fou dlou gamyon. U son matya fo. On lou béte a plan ma on pou. De lôtre flan du moué de tèra du molâ k'é tonbâ, la gamyonèta du maki é prèste pe louz inmènâ lé su Shaparèyan.

- Alin vite, vite, kire le kapô.

Louz Allemand arivan pe fo d'apoué la Gâshe. Ôtô a mitraya, kanon...

Slou du maki s'étuéyan, s'insôvan teu du lon de l'Izera. La gamyonèta môde vya avoué lou prézonyé k'an pochu montâ yô dedyin.

Slou ke rèstan, dué fène, on eume, s'insôvan avoué slou du maki teu du lon de l'Izera.

Erozamin la rota é teurzheu inbyârâ pe le moué de tèra du molâ. L'ôtô a mitraya pou pâ passâ. Mé le tire portan kin méme ! Dez obus éketran dyin l'éga, éketran su lou bo, fotyan bâ kôkez âbre.

namite, les fusils mitrailleurs, les munitions... Nous laissons les barils de poudre dans la cuve......

Je file à mon usine. Il fait nuit. Tout est calme. Les machines ronronnent lentement. Jacky n'est pas là, évidemment. Je demande à Georges s'il peut me remplacer

- Oh bien sûr ! Pour ce qu'il y a à faire cette nuit !...

Je cours rejoindre les hommes qui se postent le long de la route nationale. Ils me donnent un Sten.

Au petit matin, les camions allemands descendent du fort, prennent la direction de Chambéry le long de l'Isère. Peu d'escorte. Deux side-cars seulement.

Pour une fois, ils sont discrets. Ils veulent faire leur saloperie incognito, me dis-je.

Une explosion fait sauter un pan de colline, bouche la route. Trois soldats allemands sortent des camions, tirent à l'aveuglette.

Les maquisards ouvrent le feu. Les trois Allemands sont éliminés. Les side-cars font demi-tour et retournent vers la Gâche. On leur tire dessus, sans succès.

Les Juifs sortent des camions. Ils sont affolés. On essaie de les rassurer. De l'autre côté de l'éboulement de la colline, la camionnette des maquisards est prête pour les emmener sur Chapareillan.

- Allez, vite, vite, crie le chef.

Des renforts allemands arrivent de la Gâche. Autos-mitrailleuses, canons...

Les maquisards décrochent, se sauvent le long de Isère. La camionnette démarre pour Chapareillan avec les prisonniers qui ont pu monter.

Ceux qui restent, deux femmes, un homme, s'enfuient avec des maquisards le long de l'Isère.

Heureusement, la route est toujours bouchée par l'écroulement de la colline. L'auto-mitrailleuse ne peut pas passer. Elle tire quand même ! Des obus éclatent dans l'eau, sur les berges, abattent des arbres.

De sé pâ sin ke son dévnu lou Zhuif ke s'insôvâvan. De travèrse a la pâssa dvan le Coisetan, m'insôve dyin le tère.

Do gamyon, on-n'ôtô a mitraya arivan pe la rota nachonâla, s'arétan kontre le Molete. Lou sodâ s'épatushan dyin le maryé.

De m'insôve yô kontre le priyeuré. Dué avèlyuze me venyan apré. On kô de fouè, ryin. On dojéme : on ptyou kô su mon épale. Ma taka tonbe bâ pe tèra dvan mou pyé, bretéla brekâ. De l'amâsse, sote on-na siza du korti, file yô u Sharu, kontre la kabatan-na de Polido.

Lez avèlyuze me korèyan plu.

L'an pâ tan étâ asharnâ. I da étre de Poloné inbrigadâ de fourche, ke de me déje. De rprènye mon seufle... Pâ possible de konyotre orè sin k'a balyè ntra tarbatena. De vèra sta nué...

De tourne bâ shé nz'ôtre slamin le vépre. La Rnée me shapitôle sin ke lyé arvâ :

- Dyin la matnâ, on vézin me kire : Atinchon, la Rnée, louz Allemand faroulyan teute le mézon !

- De me sintye folyé ! De kou bâ u sarteu, arape lou darnyé bokon de Beekford ke son rèstâ, de monte yô u korti, fache on golè dvan lez âvelye, shanpe lou Beekford dedyin, rebéte la tèra bin ma fô é l'èrba avoué.

- Ensanâ, de revenye bâ. Kou betâ in plassa le sarteu. Onko de Beekford !

De rmonte dyin la kozena, lou shanpe dyin la koznyéra, tegone le fouè. On-na fmyéra nara so fou de la shmenyâ, inpèste teuta la konyéra. La vézena kire :

- Atinchon, vzi on fouè de shmenyâ ! Ka-tou ke vez éte apré borlâ ?

- Ô é ryin, é de vyu takon !...

De sâre bin ma fô le pourte dla mézon é m'apâre pe passâ la nué. Apré la minué, de bri de moteu : louz Allemand kminchan a insèrselâ le vlazhe. De m'insôve yô dyin lou bouè du molâ.

Je ne sais pas ce que sont devenus les Juifs. Je traverse à gué devant le Coisetan, m'enfuis dans les terres.

Deux camions, une auto-mitrailleuse arrivent par la route nationale, stoppent près des Molettes. Les soldats se déploient dans les marais.

Je m'enfuis vers le prieuré. Deux sentinelles me poursuivent. Un coup de feu. Rien. Un deuxième : un léger choc sur mon épaule. Ma musette tombe à mes pieds, bretelle coupée. Je la ramasse, saute une haie de jardin, file au Charru vers la cabane de Polidor.

Les sentinelles cessent de me poursuivre.

Elles n'ont guère insisté ! Ce doit être des Polonais enrôlés de force, me dis-je. Je reprends mon souffle... Impossible pour le moment de connaître le résultat de l'escarmouche.

Je ne rentre chez nous que le soir. Renée me raconte ce qui lui est arrivé :

- Dans la matinée, un voisin me prévient : Attention, les Allemands fouillent toutes les maisons !

- Je m'affole. Je descends en courant à la cave, prends les derniers cordons Beekford, monte au jardin, enfouis les cordons en terre, devant le rucher, et remets soigneusement en place les mottes de terre et d'herbe.

- Essouflée, je reviens à la maison. Je range la cave. Encore des cordons !

- Je remonte dans la cuisine, les jette dans le poêle, attise le feu. Une fumée noire sort de la cheminée, empeste le quartier... La voisine s'écrie :

- Attention, vous avez un feu de cheminée ! Qu'est-ce que vous brûlez ?

- Oh, c'est rien, ce sont de vieux chiffons !...

Je ferme soigneusement les portes de la maison et m'installe pour la nuit. Après minuit, des bruits de moteurs : les Allemands commencent à encercler le village. Je me sauve dans la forêt par le coteau.

Kin l'uvre sou volè le matin, la Rnée rcha on kô : on sodâ allemand é dra in avèlyuza dvan lez avelye... juste dra su lou Beekford !

U va ryin !

Lou sodâ allemand venyan yin dyin le valzhe. La mézon é teuta faroulyè... Ryin ! .

Le luindman d'aprenye ke kôke Zhuif an pochu sèskapâ louz ôtre an étâ repra...

Fin 44, é louz Allemand ke s'insôvan pe de vré. E pâ mâléro !

Lou do barâ de podre du maki, son teurzheu dyin ntra tena, dzeu lou posson !...

De pouéche reprindre ma vya ma devan, intarteni teuta ma famelya pe de bon, ntra ptyouta Marie-Claude, élavorâ le tère ke son noutre, ntra venya ke fé byin, élèvâ me brâve âvelye, é... fâre de bon myè !...

Adon, on zheu, d'é on-na pinsâ straordinéra !

152

En ouvrant ses volets au matin, Renée reçoit un choc : un soldat allemand est en sentinelle devant le rucher ... droit sur les Beekford !

Il ne remarque rien !

Les soldats allemands entrent dans le village. La maison est fouillée... Rien !...

Le lendemain, J'apprends que quelques Juifs ont pu s'échapper, les autres ont été repris...

Fin 44, ce sont les Allemands qui détalent. Pas malheureux !

Les deux barils de poudre du maquis, sont toujours dans notre cuve, sous les sarments !...

Je peux reprendre une vie normale, m'occuper sérieusement de ma famille, de notre petite Marie-Claude, de notre vigne qui donne bien, de nos terres, élever mes chères abeilles et faire du bon miel.

Aussi, un jour, j'ai une idée géniale !

19) Lou bonbon u myè

- Fâre lou bonbon u myè ! Ya-tou on amozamin de myu ke chô-tye ?
- Nè ! E on-na maravelya ! Le myè nze vin bâ du bon-Dye. On fé lou bonbon avoué louz ami dla konyéra. Kin on a invije, ma on a invije. On bâlye lou bonbon a to louz éfan, a teute le brâve fène é a lez ôtre avoué é on môde vindre le rèstan ! Pâ brâve sin ?
- Vatya kma de moutre mon afâre a la Rnée, k'in ri, me bâle p'on grou réveu, mé le di pâ nè. Bravô !
- On a mé de trinte âvelyé ! Fô bin fâre kôkaryin de teu chô myè ! Ke de déje.
La Rnée é d'ako, mé, ke le me di, ma-tou k'é ke te vé t'i prindre ?
Lé pe Shaparèyan ya on âvelyu ke vin de bonbon a kouza du myè k'u pou triyé fou de souz avelyé. Adon, in, parka pâ nz'ôtre ?
D'aprèste la grinzhe ashètâ a la mâra Lespagne. Tâbla in marmô, pouale u koke ashètâ d'okajon, biblotri in kouivre, ketyô èspré, sijô, tamiju, sizlin sarâ, possa anti-koula, é avoué d'ôtre chouze onko…
U kminchmin on tâtône. Louz ami dla konyéra arivan yon apré l'ôtre. On béte on shalindré. On rossa pâ teu. Kôkez on ve-nyan pâ, d'ôtre son plu d'ako. E poué, on n'é pâ onko de bonz ouvré. Ya de sekre borlâ, de myè gamashè. Mé on arkminche, on ri, on s'amuze…
Le tin é pe la féta. Le pâre Barrat, to lou vépre arive avoué do botoye de vin dzeu lou bré. U vèrse a to sin kontâ, poué u se béte u krô p'étriyé ou bin u kôpe le pâte. Kôke vézin venyan balyé on bon kô de man. U s'intournon le fate plane de bonbon.

154

19) Les bonbons au miel

- Faire des bonbons au miel ! Y a-t-il une meilleure occupation que celle-là ?

- Non ! Elle est merveilleuse ! Le miel nous tombe du ciel. On fabrique les bonbons avec les copains du quartier. Quand on a envie, comme on a envie. On donne des bonbons à tous les enfants, à toutes les jolies femmes et aux autres aussi et on vend le reste ! Pas beau, ça ?

- Voilà comment je présente mon projet à Renée, qui en rit, me traite de joyeux rêveur, mais ne dit pas non. Super !

- On a plus d'une trentaine de ruches. Il faut bien faire quelque chose de ce miel ! Dis-je.

Renée est d'accord, mais, dit-elle, comment vas-tu t'y prendre ?

- A Chapareillan un apiculteur vend des bonbons grâce au miel qu'il tire de ses ruches. Alors, hein, pourquoi pas nous ?

J'aménage la grange achetée à la mère Lespagne. Table de marbre, fourneau au coke d'occasion, ustensiles en cuivre, couteaux spéciaux, ciseaux, tamis, seaux hermétiques, poudres anti-collage, etc...

Au début, on tâtonne. Les copains du quartier arrivent à tour de rôle. On établit un calendrier. Il y a des ratés. Certains ne viennent pas, d'autres changent d'avis. Et puis, on n'est pas très expert. Il y a du sucre brûlé, du miel perdu. Mais on recommence, on rit, on s'amuse...

L'ambiance est à la fête. Le père Barrat, chaque soir arrive avec une bouteille de vin sous chaque bras. Il sert à la régalade, puis se met au crochet d'étirement ou à la découpe des pâtes. Des voisins viennent donner un coup de main. Repartent,

Kôke vyu grelu venyan sakou lo téte sin pyo é poué korsi kôke bonbon u myè.

On fé on moué de bonbon. De fache vni kôke zuéne felye du vlazhe pe betâ lou bonbon dyin le papyé èspré, lou betâ in pakè, lou fâre modâ vyè. Louz éfan venyan apré l'ékoula, shanvassan lou rèstan de sekre é de sekre d'ourzhe, râpelyan yô su lou bregue, s'inmôdan avoué lou premyé sè, lé a la gâra SNCF.

Ma on fé slou bonbon d'akashon, pe le momin, de fache grefenyé su lou sè :

« Fruits et légumes » !

- To sle zhin, me di la Rnée, vé bin falya lou payé !... Avoué ka ?

- Â, Â ! Avoué lou bonbon ! U se pâyan avoué lou bonbon k'u fabrikon !

- Te pârle, i vé pâ derâ on vyazhe !

- Â, Â, le tin ke vé derâ, sara on bon tin !... Te markore don pâ !

Le vépre apré l'ékoula, ma ptyouta Marie-Claude é pa poué la darnyéra a vni. Ve pinsâ !

L'arive in sotlyan avoué on-na ou dué de sez ami. Le s'in-patyokan de myè, poué s'intournan teurzheu in sotlyan....

Seuvin, le vépre, la Marie-Claude revin seulete. Le mezhe de bonbon. De si forchè de la kalâ. Adon, le se béte su on kode a la tâbla é shanva pe s'indremi su lou sè de bonbon.

Â, ke d'âme la var, ma sin, indremi su lou bonbon ! Tou ke le réve a lou bonbon u myè ? Tou ke le voule avoué lez âvelye, su louz âvelyé, su ntre brâve fleu de montanye ? A ka pouéchon bin révâ ntrouz éfan ?

Kin d'é shanvi lou darnyé bonbon, de la prenye teu dou dyin mou bré. Sin se dévèlyé, le béte sou do bré uteur de mon kolin é porsui teu plan sa nué, la téta su mon épale. De sâre sin bri la tan-ne é de m'in môde avoué mon trezo, ma si de portâve le bon Dye.

On zheu, on vindyu d'abilyamin ke passâve pretye, aparcha la fabika de bonbon. Abalordi, u fé promèssa de lyi fâre vni de la cellophana, sin fâre payé, a pâ, kôke bonbon !

les poches pleines de bonbons. Des vieux viennent secouer leur tête chauve et croquer quelques bonbons.

La production va bon train. J'embauche des jeunes-filles du village pour plier les bonbons, les empaqueter, les expédier. Les enfants viennent après l'école, finissent les restes de sucre et de sucres d'orge, grimpent sur les baladeuses, partent avec les premiers paquets à la gare SNCF.

Comme nous faisons pour le moment ces bonbons en cachette, je fais écrire sur les paquets expédiés :

« Fruits et légumes » !.

- Tous ces gens, me dit Renée, il va bien falloir les payer ! Avec quoi ?

- Ha, Ha, les bonbons ! Ils se paient avec les bonbons qu'ils fabriquent !

- Tu parles, ça ne va durer qu'un temps !

- Ha, Ha ! Le temps que ça durera, sera un bon temps ! ... T'en fais donc pas !

Le soir après l'école, ma petite Marie-Claude n'est pas la dernière à venir. Vous pensez !

Elle arrive en trottant avec une ou deux copines. Elles se barbouillent de miel, puis repartent toujours en trottinant.

Souvent le soir, Marie-Claude revient seule. Elle mange des bonbons. Je suis obligé de l' arrêter. Alors elle s'accoude à la table et finit par s'endormir sur les sacs de bonbons.

Ah, que j'aime la voir comme ça, endormie sur les bonbons ! Rêve-t-elle de bonbons au miel ? Vole-t-elle avec les abeilles, sur les ruches, sur nos belles fleurs de montagne ? A quoi peuvent bien rêver nos enfants ?...

Quand j'ai fini les derniers bonbons, je la prends doucement dans mes bras. Sans se réveiller elle met ses deux bras autour de mon cou et continue sa nuit, la tête sur mon épaule. Je ferme doucement la boutique et m'en vais avec mon trésor, comme si je portais le bon Dieu.

Un jour, un marchand de vêtements, découvre la fabrique de bonbons. Stupéfait, il promet de la fournir en cellophane, sans frais... sauf, peut-être, quelques bonbons !...

La cellophane arive to lou ma in grou katyô k'on môde kri lé a la gâra.

Le kapô dla gâra dévin ntron konyâtu. U lou béte bin ma fô a pâ é nze bâlye avoué de nyô de sharbon d'akashon : « Sharbon de locomotive, chou-plé, i vé flâ vite ! »

On fachéve byin lou bonbon. On ava to slou k'étan spéchalijè, louz abityè é lou bonbon modâvan ma de trinkè. Mé falyéve modâ onko pe yô ! kma fâre ?

La cellophane arrive tous les mois en gros paquets que nous allons chercher à la gare.

Le chef de gare devient notre complice. Il les range soigneusement à l'écart et nous donne aussi du charbon en douce. « Du charbon de locomotive, s'il vous plaît, dit-il, ça va filer vite ! ».

La fabrication des bonbons avait ses spécialistes et ses habitués et prospérait bien. Mais il fallait passer à une vitesse supérieure. Comment faire ?

20) La Juva-4

Fin 1945, la pé é snya, la guèra é shanvyi. I fé byô, on é in plana sortyè. La nateura rprin vya, lou bonbon son bon, se vindyon bin. I nze fô on-na vouateura !

Dapoué le tin ke d'in mzante ! Pâ petou di, pâ petou fé ! On dsandre matin,To tra, la Rnée, la Marie-Claude é ma, on s'in-môde to lou tra lé a Grenôble.

La Rnée a on-na brâve rôba vyoleta a fleu zhône. Le s'é kilâ su la téta on brâve shapé vèr avoué on brâve nyi d'ijô d'on flan. De lyi déminde si ya dez uè dedyin. Para ke nè, ke le di. Ryin k'é alefe !

Ma d'é on-na brâva lavalyéra nara su ma shmiza blinsha. On-na vèsta bèzhe su mon pintalon né. Ntra ptyouta Marie-Claude, ke kra érozamin teu le tin, batifôle, éroza de modâ lé avoué nz ôtre ashètâ on-na vouateura, surteu ke le sâ pâ onko ka yé. Avoué on ptyou yô du ko teu blin, on-na ptyouta rôba ékosséza reuzha, de solâ varni, é dué sokete blinshe, l'é ntra vréta prinsèssa.

Lou vézin, to avarti in devan dapoué lontin, nze fan de grin arva avoué lo man.

- On dire k'u nze déjan de nz'avèlyé, di la Rnée !

A la gâra, ntra ptyouta prinsèssa Marie-Claude, a pâ pro de sou do ju pe teu var. Le portlyon, lou tickè, le kapô dla gâra, son seblè.

- Parka-tou k'ul a on képi avoué on fi reuzhe ? .

Ma-tou ke fô rpondre a on-na déminda paryéra ! Eroza-min la lokomotive arive avoué son bokè de fmyéra nare é blinsha, sou éklyafore de vapeu, se grinde rué, poué to slou vagon ke défilan.

20) la Juva-4

Fin 1945, la paix est signée, la guerre est finie. Il fait beau, on est en plein printemps. La nature revit, les bonbons sont bons, se vendent bien. Il nous faut une voiture !

Depuis le temps que j'en ai envie ! Aussitôt dit, aussitôt décidé ! Un samedi matin, tous les trois Renée, Marie-Claude et moi, nous partons à Grenoble !.

Renée a une belle robe violette à fleurs jaunes. Elle s'est coiffée d'un chapeau avec un joli nid d'oiseau sur le côté. Je lui demande s'il y a des œufs dedans. En principe non paraît-il. Rien de parfait !

Moi j'ai une belle lavallière noire sur ma chemise blanche. Une veste beige sur un pantalon noir. Notre petite Marie-Claude, qui n'a pas oublié de grandir, gambade de bonheur à l'idée d'aller acheter une voiture, surtout qu'elle ne sait pas ce que c'est. Avec un petit corsage blanc, une jupette écossaise rouge, des souliers vernis et des soquettes blanches, c'est notre vraie princesse.

Les voisins, tous prévenus à l'avance, nous font de grands signes de leurs mains.

- On dirait des signes de détresse, dit Renée !...

A la gare, notre petite princesse Marie-Claude n'a pas assez de deux yeux pour tout voir. Le guichet, les tickets, le chef de gare, son sifflet.

- Pourquoi il a un képi avec un fil rouge ?

Comment répondre à une question pareille ! Heureusement la locomotive arrive avec son panache de fumée noire et blanche, ses jets de vapeur, ses roues énormes et tous ses wagons qui défilent.

On léche vni bâ slou k'étan dedyin, é op ! a ntron teur ! La Marie-Claude, aglyètâ a la fnétra, tape le man dvan le payi ke s'insôve.

A Grenôble, dyin le premyé garazhe, on fé l'afâre : on-na brâva Juva 4 vèrda !

L'apartenive a on bolonzhé. L'a pâ on moué charvi é a pâ on-na séla daryé.

- Fé ryin, ke de déje, de fara on-na banketa in bouè ! E on-na bona okajon !

Chô du garazhe me splike ma le môde. De le pâye fran. Teu fran u nz'ufre l'éssinssa. La Rnée monte a ma drata, la Marie-Claude su sou zhnyo. On s'inmôde in fibrekan !

Dyin la vela, le sharire son kâzmin vouade. Fô krare ke lou Grenoblouâ an sintu le dinzhé...

De prenye la rota pe Tencin. L'é kâzmin vouade avoué. Pâ on-na vouâteura, slamin kôke shâ é kôke zhin a pyé.

Kin de bâlye on kô de frin trô sebi, mou dué vézene son prèste a karché le pâra-biza. De bâlye on kô de shanpanyon, le rtrouvan lo séla. La Marie-Claude di plu pâ on mo. Le para kaptivâ pe le payi... L'a fakya on pyo po !...

Apré Tencin, Goncelin, le Cheylas.

Kôke polaye su la reuta i léchan kôke plome, é on rintre dyin Pontsharrâ.

Arvâ in potrône a Vlâ-Béné. To lou vézin son itye. Le vin dle Koute se béte du kô a gagolyé !...

Dyin la sman-na de fache in vouateura teute le rote dlouz uteur é d'abo la Juva, a plu on sgrè par ma.

Le sindi, inpaouri pe le neuvyô dinzhé ke péze su la populachon, me fé dire de passâ dare-dare mon parmi.

Le sintre dlou parmi é yô in Alavâ. De prenye on vinz-i é de me shanpe yô pe le gourzhe du Brédâ, poué du Bin, tan k'in Alavâ.

Su la plassa du mintin, de fache on krénô teu ma fô.

D'é le nâ fin, parka chô du parmi, achètâ teu plan a la tarassa du kâfé daryé on pastis, m'avèlye d'on ju malin. De môde kontre lui.

On laisse descendre les voyageurs et hop, à notre tour ! Marie-Claude, collée à la fenêtre, bat des mains devant le paysage qui s'enfuit !...

A Grenoble, dans le premier garage, on fait l'affaire : une belle Juva-4 verte !

Elle a appartenu à un boulanger. Elle a peu de kilomètres, et n'a pas de siège arrière.

- C'est rien, dis-je, je ferai une banquette en bois ! C'est une bonne occasion !

Le vendeur m'explique le fonctionnement. Je le paie comptant. Content, il nous offre le plein. Renée monte à ma droite, Marie-Claude sur ses genoux. On part en zigzaguant !

Dans la ville, les rues sont pratiquement vides. A croire que les Grenoblois ont senti le danger…

Je prends la direction de Tencin. La route est déserte. Pas une voiture, seulement quelques charrettes et des piétons.

Quand je freine trop sec, mes deux passagères frôlent le pare-brise. J'accélère, elles retrouvent leur siège. Marie-Claude ne dit plus rien. Elle semble fascinée par le paysage… Elle a peut-être un peu peur !...

Après Tencin, Goncelin, le Cheylas.

Des poules sur la route laissent quelques plumes et on entre dans Pontcharra.

Arrivée triomphale à Villard-Benoît. Tous les voisins sont là. Le vin des Côtes coule en abondance !

Dans la semaine, je conduis sur toutes les routes environnantes et bientôt la Juva n'a plus de secret pour moi.

La municipalité, prévenue du nouveau danger qui menace la contrée, m'enjoint de passer dare-dare un permis.

Le centre d'examen se trouve à Allevard. Je prends rendez-vous et me lance à travers les gorges du Bréda et du Bens, jusqu'en Allevard..

Sur la place centrale, je fais un créneau superbe !.

J''ai du nez, car mon examinateur, assis à la terrasse du café derrière un pastis, me guette d'un œil scrutateur. Je m'approche.

- Bonzheu, k'u me kire… De vez atindyéve !

U rbéke onko :

- Djé don, si vz'éte vnu tank itye sin on mouvé kô, é prouva ke ve sâte mènâ ! E pâ la pana k'on pardyisse ntron tin a fâre on viron. Veni bére on kô !

De m'achéte. De propouze d'ufri la vriyè. L'ôtre di vouè du kô.

Rèste le kode !

- Ô te sâ, k'u me di, le kode é éjè. Tou ke te l'â leju ? me déminde chô du parmi.

- Nè… Mé de le konyoche, ke de déje in pouzan on sè de bonbon su la tâbla.

Ul le boure dyin sa fate du kô !

- E bin i sara bon ! T'in fé pâ.

De sortye on belyè pe payé la vriyè. Lui, u so fou son kayè rouze é senye,

De béte dyin ma fate le papyé du parmi é on se di arva, ami ma pâ do !

- Bonjour, me crie-t-il de loin... Je vous attendais !...

Il enchaîne :

- Dites donc, si vous êtes venu jusqu'ici sans pépin, c'est que vous savez conduire ! C'est pas la peine qu'on perde notre temps. Venez boire un coup !

Je m'assieds. Je propose d'offrir la tournée. Ce qu'il accepte volontiers.

Reste le code !

- Ô, tu sais, le code est facile. Est-ce que tu l'a lu ? me demande l'examinateur.

- Non... Mais je le connais, dis-je en posant un beau paquet de bonbons sur la table.

Il l'empoche aussitôt !

- Eh bien, ce sera bon ! T'en fais pas.

Je sors un billet pour payer la tournée. Lui, sort son carnet rose et signe.

Je rentre le permis dans ma poche et on se quitte bons amis comme pas deux !

21) Raoul Vork, le kapô de la praline !

Dyâble, on bon Dyâble, me mande on zheu on ptyou eume, pôpre, ryon, sarâ dyin on-na vèsta grija trô strèta. De le véye vni da ity-avè su se plôte mégre.

- Raoul Vork, k'u me di in me balyan on-na man blinsha.

U sintive le vyu garson ou l'épo abandonâ. Ul a kontinyè in bablan, ma babélan louz alzachin.

- Ze zui kapô de gonfizeri a Grenôble. D'é zu ke vz avyâ d'âvelye é ke fe volyé fâre de bonbon. Si fe folyé, de bouéche fou abrandre le métyé !...

Eta l'okajon a pâ mankâ ! Le vépre, du kô, Vork a vizitâ la fabrika é ul a étâ bin-néro.

- Ô, Gut ! Gut ! Ze fou fache gonplemin !...

On a kontinyè a fâre lou bonbon, dzeu la dirèkchon de Raoul Vork, ke vnive u travé le dsandre é la dminzhe é portâve de sekre de Grenôble, pe ryin ou kâzmin.

- Fô pâ ve markorâ be la segre, de pouéche l'ava a folontâ. Ze vla fare pâ zhé...

Teute le fin de sman-ne, le pouale reuzheuyéve dyin la grinzha ! D'ashètâve du kock a on bon pri al fondri de Pontsharrâ. Vork fachéve la marôlya dla mnèra. Pézâve le pa, aguètâve la kouésson dle pâte.

Lou neuvyô bonbon an éta éssèyè su louz éfan de la konyéra.

- Vouè, é bon Monchu... mé trô sekrâ !

- Nè, i koule u palè !

- Â ! ka-tou k'u son deu ! On pou pâ, méme a teute fourche lou brekâ !...

La Marie-Claude, la ptyouta greminda, a étâ betâ a l'ouvra avoué.

21) Raoul Vork, le champion de la praline !

Diable, un bon Diable, m'envoie un jour, un petit homme, propre, rondelet, boudiné dans une veste grise trop étroite. Je le vois venir à moi de loin sur ses jambes maigres.

- Raoul Vork, dit-il en me tendant une main blanche.

Il sentait le vieux garçon ou le mari délaissé. Il poursuivit avec un fort accent alsacien .

- Ze zuis chef de gonfiserie à Grenoble. J'ai zu que fous aviez des ruges et cherchiez à faire des bonbons. Si fous le foulez, je beux fous initier au métier !...

C'était l'occasion à ne pas rater ! Le soir même Vork visita la fabrique et fut enthousiasmé.

- Oh ! Gut ! Gut ! Ze fous fait gompliments !

La fabrication se poursuivit sous la direction technique de Raoul Vork qui venait à l'atelier le samedi et le dimanche et apportait du sucre de Grenoble, à l'œil ou presque !

- Ne fous inquiétez bas bour la zucre, je beux l'avoir à folonté. Je fous la ferai bas cher...

A chaque fin de semaine, le fourneau rougeoyait dans la grange. J'achetais du coke à bon marché aux fonderies de Pontcharra. Vork faisait le mélange des ingrédients, réglait les doses, veillait à la cuisson des pâtes.

Les nouveaux bonbons furent expérimentés sur les gosses du quartier !...

- Oui, c'est bon M'sieur... mais trop sucré !

- Non, ça colle au palais !

- Ah ! qu'est-ce qu'ils sont durs ! On peut pas les croquer facilment !...

Marie-Claude, la petite gourmande, fut largement mise à contribution.

- L'in mezhe trô, djéve la Rnée, teut in lyi in balyan on pakè !!! Le darnyé ! Ke le djéve !

A kouza de slouz avi de bon gu, lou bonbon an étâ pèrfèkchonâ. Teute le sman-ne lou pakè in papyé koleu partivan su le baladoze dyin lou marshé. D'ôtre étan èspozâ plassa dla gâra, d'ôtre onko dvan le pourte dlez uzene.

Pâ poué yon k'é bin pou, jamé é rvenu de slez èspozichon !...

Le méme vindyu ke nze balyéve la céllophane, nez a aportâ de karton de vyazhe é de bouate de 100 ! Kin la fabrikachon a poué konflâ pe grou, ul louz a mandâ teute le smnan-ne a slou ke le vindyévan in son non !... De rchevyéve fakya kôke so pe la posta in rteur.

Ni la Rnée, ni ma, n'ârin pinsâ ke teu alâve modâ tan byin. On vèyéve s'étulyé dvan nz'ôtre teute on-na fabikachon de bonbon ke l'on ava pâ, pe dire, vrémin pinsâ é ke krashéve a kouza d'on-na mékanika ke modâve seulete, k'on konprenive pâ, mé ke korive ma on trinkè.

On vépre, Vork a aportâ, d'on sé pâ yo, on brassu de konfizeri d'okajon. Sin srémoni, ul a shanpâ :

- On vé fâre de brâlene avoué za !

In avan pe le prâlene !...La mékanika s'émoushe. La Rnée s'i béte. On marôlye, on brasse, on vire, on béte du reuzhe, é onko de reuzhe, é le premyére pralene roulan bâ su la tâbla de tri.

- Trô sekrâ !... Le son trô sekrâ !

On rkeminche. On régle teu, on fé juste sin ke fô é le bone, brâve, pralene potlâ, ryonde, roulan su la tâbla é dyin la boshe.

D'abo le rinplassan lou pakè p'étre livrâ, lou karton p'étre èspédyè, avoué dessu, teurzheu le non :

« Fruits et légumes » !

Le se vindyan teute, on se bataye pe lez ava.

Le zhin avan télamin étâ réprimâ pindin to slouz an de guèra, de fan é de mâleu, télémin rétréssi, k'u korivan to, éro,

- Elle en mange trop, disait Renée, tout en lui donnant un paquet !!! Le dernier ! Menaçait-elle !

Grâce à ces critiques avisées, la perfection fut bientôt réalisée. Toutes les semaines, des sachets en papier couleurs partirent sur la baladeuse. D'autres furent exposés, place de la gare, d'autres encore à la sortie des usines.

Aucun d'entre eux ne revint jamais de ces expéditions !...

Le même marchand qui nous fournissait en cellophane, nous apporta des cartons d'emballages et des boîtes à bonbons de 100 ! Quand la fabrication atteignit son plein rendement, il les envoya chaque semaine à des représentants revendeurs à son nom !... Je recevais, de temps en temps quelques versements en échange.

Ni Renée, ni moi n'aurions pensé que tout fonctionnerait si bien. On voyait s'épanouir devant nous toute une industrie bonbonnière à laquelle nous n'avions pas pensé et qui se construisait par une sorte d'engrenage automatique, incompréhensible et efficace.

Un soir, Vork apporta, on ne sait d'où, un brasseur de confiserie d'occasion. Sans cérémonie, il déclara :

- On fa vaire des bralines, avec za !

En avant pour les pralines ! La machine se met en route. Renée s'en mêle. On mélange, on brasse, on touille, on met du rouge et encore du rouge et les premières pralines roulent sur la planche de triage.

- Trop sucrées !... Elles sont trop sucrées !

On recommence, on régule, on s'ajuste et les bonnes, belles, pralines dodues, rondelettes roulent sur la table et dans la bouche.

Bientôt elles remplissent les sachets de livraisons, les cartons d'expéditions, tous estampillés :

« Fruits et légumes ».

Elles se vendent, on se les arrache.

Les gens qui avaient tellement été privés pendant toutes ces années de guerre, de malheur et de disette, se

greman apré teute sle gremandri, mé avoué, ul étan zhalo, kreyo, inkiziteu.

De bri de mèrda an kminchè a kori. Ma-tou ke fan lou Bouvier ? Ya ryin nyonsin, yo-tou k'ul akapan chô sekre ? Lo myè pou pâ teu splikâ ! E pâ ma fô teu sin ! Le sindi devre i modâ var !...

Slou bri an charvi a ryin. Le pralene étan trô bone, le rossivan trô !

Lez atriyévan a lya louz éfan, ma lez âvelye. Louz éfan, lo, amâssâvan lou rèste apré lou pèr, se shamalyévan intre lo, poué u modâvan in s'amozan. Mé lez âvelye, lya, s'in modâvan jamé !

Yin ava parteu. L'âreu du myè, dlou sekre, dlou sinbon, louz atriyéve pe fo ke le fleu dlou prâ. D'é betâ on-na moustikére al fenétre. Le s'i son aglyètâ ma dyin lou kâdre de loz avelyé, é ma le pochévan plu passâ pe le fenétre, le son intrâ pe le pourte !...

On a étâ forchè de fâre le pralene la nué. Ya étâ on-na révoluchon. Ya plu ryin éta du méme. Plu on-n' âvelya, plu on éfan, mé bin myu de vyu, de vézin kreyo, rjan, ke venivan fâre la bonbansa. Le botoye de vin an roulâ pi ke jamé. D'é étâ forché de « betâ le öla ». D'é fé bére de bidoyon petou ke de vin é ya teu bin fé ma fô.

Ya ryin ke Vork k'é tonbâ dyi la débina de la tyoukézon. Ul a plu pochu rintrâ zhé lui. De lyi é fabrikâ on-na kusha yô dsu le poutan de la grinzha. La Rnée lyi balyéve on kô de man pe montâ, poué, ma u modâve pe mâ, d'é étâ forchè de le portâ.

On vépre ke Vork venive avoué nz'ôtre, Saugemerle é ma, dyin lou maryé du Coisetan, ul a triyè su la kourda pe montâ on flè a passon fou de l'éga. Mé, petou de triyé fou le flè, é lui k'é tonbâ la téte in avan dyin le ryeu. On rjéve poué tan, k'on a ayo teute le pane du monde a le triyè fou su lou bo. U krashéve, tessive sinz aréta !

- Jamé t'â byu ôtan d'éga, mon poure Raoul ! Lyi a kri Saugemerle.

ruaient, heureux, gourmands, sur ces friandises, mais aussi, jaloux, curieux, interrogateurs.

Des rumeurs commencèrent à courir. Comment font les Bouvier ? Il n'y a rien nulle part, où prennent-ils ce sucre ? Leur miel n'explique pas tout ! Ce n'est pas normal ! La mairie devrait s'inquiéter !...

Ces rumeurs, furent toujours sans effet. Les pralines avaient trop de succès !...

Elles attiraient les gosses comme les abeilles. Les gosses ramassaient les déchets tombés des chaudrons, se bagarraient, repartaient en s'amusant. Mais les abeilles, elles, ne partaient jamais !

Il y en avait partout. L'odeur du miel, des sucres, des parfums, les attiraient plus fortement que les fleurs des champs. J'installai des moustiquaires aux fenêtres. Elles s'y agglutinèrent comme aux cadres de leurs ruches et ne pouvant passer par les fenêtres, elles entrèrent par les portes !...

On dût fabriquer les pralines de nuit. Ce fut une révolution. L'ambiance changea du tout au tout. Plus d'abeilles, plus d'enfants, mais davantage de vieux, de voisins, de curieux hilares qui venaient faire la fête. Les bouteilles circulèrent de plus belle. Je fus contraint d'instaurer une réglementation, remplaçai le vin par du cidre et la bonne humeur n'en pâtit pas.

Seul Vork sombra dans les horreurs de l'alcoolisme. Il ne put plus rentrer chez lui. Je lui aménageai un lit au premier étage de la grange. Renée l'aidait à gravir les escaliers, puis, son état se dégradant, je fus obligé de le porter.

Un soir que Vork nous accompagnait, Saugemerle et moi, au marais du Coisetan, il tira sur la corde pour relever un filet à poissons hors de l'eau. Mais au lieu de sortir le filet, c'est lui qui tomba tête la première dans le ruisseau. Riant aux éclats, nous eûmes toutes les peines du monde à le hisser, crachant, toussant, sur la berge. I

- Jamais tu as bu autant d'eau, mon pauvre Raoul !
Lui cria Saugemerle.

Vork payéve pâ lou litre de vin k'u bèyéve shé la Nania, la patrona, vève de guéra, du kâfé-mèsri-bolonzhri-taba, bâti é réputâ, juste u bo de la rota, dvan le dépou du kâ PLA. De lyi rvindyéve d'akashon de sekre a on pri pe ptyou ke chô de sou fornyissu.

Le s'é lamintâ teu grou apré Vork ke payéve pâ son vin k'u bèyéve. E ma ke d'é payè le vin de Vork é d'é ryin de a nyon.

Kint ul ava pâ byu, Vork rintrâve shé lui in vélô. U dèyéve atravèrsâ Vlâ-Béné, poué flâ le lon du Brédâ, passâ dvan la fèrma Ménéguel é intrâ dyin la kora, pe montâ a pyé dyin sa shinbra.

Chô vépre, ma ul ava byu mé ke louz ôtre zheu, sin ke se pou kâzmin pâ, u s'é tanbornâ avoué le polaye de la fèrma, s'é amorti a matya kontre la moralya, s'é indremi dzeu lou zhô dle polaye é teuta la nué le l'an arouzâ avoué lo zhounasse !

On matin, on-na lètra dlouz inpou, nze tonbe dsu. La Rnée l'uvre, poué le me la pourte in djan :

- T'â vyu, é louz inpou ? U pinson a nz-ôtre !

De léje vite sla lètra.

- U krèyan poué k'on gânye de nyô é de nyô !... E pâ possible !

La Rnée ke korsa, kire :

- De mô modâ va le Kontribuchon ;

Dyin la tantou, le môde var le sintre de Pontsharrâ é le vépre le me di :

- On a on-na bona fortouna ! De si tonbâ u azâ, su on brâve garson. Sa felye é dyin la méme ékoula ke ntra Marie-Claude. U m'a de pâ nze markorâ. E lui ke fé teute le déklarachon du kanton. U nze fara to lou papyé ke fô é nze dira teu sin k'i fô. U pinse k'on dèvre se fâre grefenyé ma on « artisan-confiseur »...

- Vouè... I vo dire ke louz inbyâre von kminché ! Ke de déje in rshanyan.

- Ô, te kra ?

- Te varé... La konkurinsa, la zhalozi !...

172

Vork ne payait pas les litres de vin qu'il buvait chez la Nania, la patronne, veuve de guerre du bistrot-épicerie-boulangerie-tabac, établi et renommé, en bordure de route, face au dépôt du car PLA. Je lui revendais en cabhette du sucre à un prix inférieur à celui de ses fournisseurs.

Elle se plaignit de Vork qui ne payait pas le vin qu'il buvait. Je payais les notes de Vork et n'en parlais à personne.

Quant il était lucide, Vork rentrait chez lui à vélo. Il lui fallait traverser Villard-Benoît, puis longer le Bréda, passer devant la ferme Méneguel et entrer dans la cour pour accéder à pied à sa chambre.

Ce soir-là, ayant bu plus que de coutume, ce qui ne paraît guère possible, il entra dans le poulailler de la ferme, s'assomma à demi contre le mur, s'endormit sous les perchoirs des poules qui, toute la nuit, l'arrosèrent de leurs « jounasses ».

Un matin, une lettre à en-tête des services fiscaux nous arrive. Renée l'ouvre, elle me la tend en disant :

- T'as vu, c'est les impôts. Ils pensent à nous !

Je lis rapidement cette lettre.

- Ils croient qu'on gagne des mille et des cents !... C'est pas possible !

Renée outrée, déclare :

- Je vais aller voir les Contributions.

L'après-midi elle se rend à l'agence de Pontcharra et le soir me dit :

- On a de la chance ! Je suis tombée sur un brave type. Sa fille est dans la même classe que Marie-Claude. Il m'a dit de ne pas nous inquiéter. C'est lui qui contrôle les impositions du canton. Il nous fera les papiers nécessaires et nous tiendra au courant. Il pense qu'on devrait s'inscrire comme « artisan-confiseur »...

- Ouais... Ça veut dire que les ennuis vont commencer ! Dis-je en râlant.

- Oh, tu crois ?

- Tu vas voir... La concurrence, la jalousie !...

22) On vagon de sekre

Doz eume ablyè de né, shmiza blinha, lavalyére in koué né, se moutran in sgrè to do avoué on è de doz è a la fabrika on vépre intre shin é lo.

D'on è in dzeu, u démindan le dirèkteu. De déje k'é ma é u me tiran avoué de gônye dyin la kora...

- Nez avin on-na bin bone afâre par vo, k'u me déjon.

- Mé koui-tou ke vez éte ?

- Ntrou non ve diran ryin, k'u me rpondyon, ve fô slamin savar k'é slamin vtrouz ami du maki ke nze mandon.

- Du maki !... De si étounâ, parka u...

- Vouè. Ve sâte ke le maki ézistâve su teuta la Frinsa é ul l'é onko. Vez i de bon ami dedyin... U ve bâlyon in gâra de Ponts-harrâ, on vagon sharzhè de sekre, par vo teu seulé... Rèste a vo de modâ l'akapâ kin ve vodri, mé i sare myu d'i modâ le pe vite ke ve pori.

- Ma sin, on vagon teu rinpli !... I fé poué kinta kantitâ ?

- A pou pré vin tone de sekre... Pâ yon papyé, pâ on-n'avinsa de so ve saran démindâ... Slamin on ptyou nyô dyin l'an é pâ to lou kô !

- E tou ke ve poché me dire teu fran, koui-tou ke me man-dyon teu sin ?

- Lo non konte pa poué... Ve fô slamin sava k'é on-na bone akchon du maki... On-na sourta de réparachon pe teu dire ! Ne sarin dman a nou ore lé a la gâra de Pontsharrâ teut a vtra dispozichon.

22) Un wagon de sucre

Deux hommes vêtus de noir, chemise blanche, cravate de cuir noir, se présentent mystérieusement à la fabrique un soir, entre chiens et loups.

D'un air convenu, ils demandent le directeur. Je me présente et ils m'entraînent avec mystère dans la cour...

- Nous avons une très bonne affaire pour vous, me disent-ils.

- Mais qui êtes-vous ?

- Nos noms ne vous diraient rien, me répondent-ils, sachez simplement que ce sont des amis du maquis qui nous envoient.

- Du maquis !... Je suis étonné, car il...

- Oui. Vous savez que le maquis était implanté sur toute la France et l'est encore. Vous y avez de bons amis... Ils vous procurent, en gare de Pontcharra, un wagon chargé de sucre, à votre entière discrétion... A vous d'en prendre livraison, quand bon vous semblera, mais le mieux serait le plus vite possible.

- Comme ça, un wagon complet ! Ça représente quelle quantité ?

- A peu près vingt tonnes de sucre... Aucun papier ni versement d'argent ne vous sera demandé... Seulement un versement annuel et échelonné !

- Et pouvez-vous me dire précisément qui m'envoie tout ça ?

- Leur nom est de peu d'importance... Sachez simplement que c'est une action du maquis... Une sorte de dédommagement en somme !... Nous serons demain à neuf heures à la gare de Pontcharra et serons à votre disposition.

U me déjon arva al voule é môdan vyè a grinde kanbâ, sin ryin fâr d'ôtre.

De si abalordi. Teu sin ma para teu koju de fi blin... On vagon de sekre ? Mandâ pe koui ?... Le maki, le maki... é koui, le maki ? Parka ?...

De rvenye a me prâlene, mé la téta yé pâ. De sâre pe tou la « boteka ». A la mézon de rakontye teu a la Rnée. Ni lya, ni ma ne sarin lou ju de teute la nué !...

A l'ârba du zheu, bin pe tou ke l'ora du rvinz-i, sin on-na fyansa, ne dâroulin uteur d'on grin vagon né.

E on-na sourta de vagon bétayéra, sarâ, kadnassâ. On pou pâ var kôkaryin dedyin. Ul inpèste le godron.

On sâ pâ ka fâre... Ne modin teu fran pe rteurnâ lé shé nz'ôtre.

Su le shmin, ne fachin l'inkontra de Saugemerle. On lyi rakonte teuta la savantiza.

- Modin var, modin var, k'u di inkreyozi.

Arvâ u vagon u kire :

- Sâkre-blu ! Ka-tou ke te vé fâre de teu sin ?

- De me le déminde, ke de déje. E poué i me para bin sin fyansa ! De sé pâ d'yo ke vin chô « nyô », ni koui me le mande. Ul a pâ lè bin dyin le dra fi dla lué. Nyon vortôlyan avoué... E poué, d'é pâ fôta de vin tone de sekre !

A nou ore, de si pâ vnu u rvinz-i.

Le vagon a étâ vyè.

D'in é plu ouyi bablâ, slamin pe la Nania. Ul ava triyè sou ju, parka éta slamin chô vagon k'a étâ triyè pe l'ôtômotrissa reuzhe é zhône de la lenya de Montmèyan.

Mé pe modâ yo ?... Le sava pâ. Le kapô de la gâra, sava pâ non plu.

De rèste markorâ. Me dire k'é le maki, i s'pou pâ. Ma-tou ke slou doz eume kon-nchévan ke d'étin dyin le maki ? Peka-tou k'ul an fé sin ?

Vork, on zheu, lui avoué a étâ vyè ! On l'a kri parteu. Lou zhindâmre l'an rtreuvâ lé a Mulhouse. Ul a jamé volyu rveni a Pontsharrâ é lou sarviche dla préfèkteura on ryin pochu fâre.

Ils me saluent rapidement et s' éloignent tout aussi rapidemant, sans autre cérémonie.

Je suis abasourdi. Tout ça me paraît cousu de fil blanc. Un wagon ? Envoyé par qui ? Le maquis, le maquis, c'est qui ? Pourquoi ?...

Je retourne à mes pralines, mais ma tête n'y est pas. Je ferme plus tôt la « boutique ». A la maison, je raconte tout à Renée. Ni elle, ni moi, ne fermons l'œil de la nuit !...

Au petit matin, bien avant l'heure du rendez-vous, pleins de méfiance, nous tournons autour d'un grand wagon noir.

C'est une sorte de wagon à bestiaux, fermé, cadenassé. Impossible de voir à l'intérieur. Il empeste le goudron.

On ne sait que faire... Nous décidons brusquement de rentrer chez nous.

En chemin, nous rencontrons Saugemerle, à qui nous racontons l'aventure.

- Allons voir, allons voir, dit-t-il tout intrigué.

Arrivé devant le wagon, il s'écrie :

- Sacre-bleu ! Que vas-tu faire de tout ça ?

- Je me le demande, dis-je. Et puis, ça me paraît bien suspect ! Je ne sais pas d'où me vient ce « colis », ni qui me l'envoie. Il n'a pas l'air d'être régulier. Personne s'en occupe… Et puis je n'ai pas besoin de vingt tonnes de sucre !

A neuf heures, je ne vins pas au rendez-vous.

Le wagon disparut.

Je n'en entendis plus parler, si ce n'est par la Nania. Elle l'avait remarqué, car c'était l'unique wagon tracté par l'automotrice rouge et jaune sur la ligne de Montmélian.

Mais pour quelle destination !… Elle ne savait pas… Le chef de gare non plus.

Je reste inquiet. Cette explication du maquis ne tient pas. Comment ces deux hommes connaissaient-ils mes activités dans la résistance ? Où voulaient-ils en venir ?

Vork, lui aussi, un jour, disparut ! On le chercha partout. La gendarmerie le retrouva à Mulhouse. Il ne voulut pas revenir à Pontcharra. Les services publics ne purent pas intervenir.

177

Eta on drôle d'ijô. Ul éta vnu u monde in Suisse é bablâve l'alzachin avoué on grou aksin !... Sa fèna, parka d'é apra k'ul éta mâryâ, de l'é jamé vyu !... A la fin de sé bin pou de chouze de lui...

A la fabrika, sa dispârichon a étâ sintu ma on vré bandon. Vork a pâ mankâ pe la fabikachon. To savan fâre le prâlene, mé sla disparichon teut a traka, fotyéve in l'è to slou k'étan abityè a lui. To se kevelyévan. Tou k'on lya fé de mâ sin le savar ? Tou k'ul ava kôke rprôshe a nze fâre ? Tou k'on a pâ pro fin atinchon a lui ?

Teute sle kestyon son rèstâ si rpon.

Le travé dlou bonbon a jamé rpra ma avan. Kôka ryin éta brekâ, k'a jamé étâ rtreuvâ.

Le pâre Barrat é mo. Le felye du vlazhe se son mâryâ... D'étin lasse.

La konkurinsa devnine trô deura. Yâre falu devni on vré de l'industri, se betâ su lou « livres du commerce », organijé ôtramin ntron ouvra.

Mé de m'étin shanpâ dyin sla fabrikachon unikamin pe le plézi.

- Eta pe rire ! Déje on zheu a Saugemerle. D'é pâ invyè de fâre on vré barguinyu.
- Sakré Dyan ! T'â bin rézon, mé louz avelyé ? Ka-tou ke te vé n'in fâre ?
- Pâ on-n'inbyâra ! De le vindré. i sara éjè. D'in gardera kôkez-one pe nz'ôtre.
- E teu le brinboryon ?
- Bof ! Si kortyon in vo, de le bâlyera !

Vatya ma s'é shanvi le pe grinda fabrika de bonbon u myè jamé intrepraza in Vlâ- Béné...

Louz éfan dlez ékoule an plorâ on pyo...

C'était un drôle de type. Il était d'origine suisse et parlait l'alsacien avec un fort accent !... Sa femme, car j'ai appris qu'il était marié, je ne l'ai jamais vue !... Finalement, je ne sais que très peu de choses de lui...

A la fabrique, sa disparition fut ressentie comme un abandon. Vork ne manqua guère pour la fabrication. Tous avaient appris à faire les pralines, mais cette disparition soudaine perturbait tous ceux qui étaient habitués à sa présence. Tous s'interrogeaient. L'avait-on blessé sans le savoir ? Avait-il quelque chose à nous reprocher ? Ne s'est-on pas suffisamment occupé de lui ?

Toutes ces questions restèrent sans réponse.

L'activité ne reprit jamais son rythme. Il était cassé et ne fut pas retrouvé.

Le père Barrat mourut. Les jeunes filles du village se marièrent. J'étais lassé.

La concurrence devenait trop rude. Il aurait fallu devenir un véritable industriel, s'inscrire au registre du commerce, organiser plus sérieusement notre affaire.

Or, je m'étais lancé dans cette fabrication uniquement pour le plaisir !...

- C'était pour rigoler ! Dis-je un jour à Saugemerle. Je n'ai pas envie de me lancer dans un vrai commerce.

- Sacré Jean ! T'as bien raison, mais tes ruches ? Que vas-tu en faire ?

- Pas de souci ! Je les vendrai sans difficulté. Je n'en garderai que quelques-unes pour nous.

- Et ton matériel ?

- Bof ! Si quelqu'un en veut, je le braderai !

Voilà comment se termina la plus grande fabrique de bonbons au miel jamais entreprise en Villard-Benoît...

Les écoliers pleurèrent un peu...

23) Lou lo de Polido

On matin, de tourne de l'uzena, le kouèrlè soune. De pre-nye. E on-na dama du Pontet, in Savoué. Le me déminde de montâ yô pe kri Polido k'é porsui pe de lo é ke pou pâ vni bâ seulè !

- Porsui pe de lo ? Ke de déminde seurpra.
- Vouè, vouè... E dyin sa téta teu sin... Mé ul é rèstâ teuta la nué itye é orè u déminde vtron kô de man... Vni, parka ul é bin mâléro !

Le me di yo ke le rèste. Apré la krua dle Ramyete, mézon blinshe in avan d'on ptyou bouè.

De monte yô avoué la Juva, in yô tantou é trouve mon Polido a matya prèste a krèvâ. U babéle pâ, para vyè, yô dyin le nyoule...

D'armassiye la dama. Prenye mon eume pe le bré, poué on môde bâ teu plan tan k'a la vouateura.

On s'étuèye. In rota, u déklou pâ on mo.

Â Pontsharrâ, de lyi propouze de vni yô a la mézon. Ryin a fâre, u di nè ! De le patafyôle u myu dyin sa kanbuza é de rve-nye bâ shé ma.

D'arive juste a l'ora, lé a l'uzena. Teuta la nué slou kontye me markoran. De si pâ kyè... Ka-tou k'arive a Polido ? De kon-prenye pâ. K'u chuche shinzè ma sin d'on kô, sin rézon ! Nè, de konprenye pâ...

Le luindman matin de béte bâ al voule mon dézhon, é de monte yô shé lui, u Charu.

De si seurpra é seulazhè in le vèyin râpelyè yô u sonzhon d'on taboneri drèchè yô kontre on ârbe. Lou bré yô, u vo akapâ on-na dâza bâssa.

180

23) Les loups de Polidor

Un matin, je rentre de l'usine, le téléphone sonne. Je décroche. C'est une dame du Pontet, en Savoie. Elle me demande de monter chercher Polidor qui est poursuivi par des loups et ne peut descendre seul !

- Poursuivi par des loups ? Demandé-je étonné.

- Oui, oui... C'est dans sa tête tout ça... Mais il est resté toute la nuit ici et maintenant il demande votre aide... Venez, car il est bien malheureux !

Elle m'indique son adresse. Après le croisement des Ramiettes [1], maison blanche à l'entrée d'un petit bois.

Je monte avec la Juva en début d'après-midi et découvre mon Polidor à moitié dans le cirage. Il ne parle pas, semble ailleurs, dans les vapes.

Je remercie la brave dame. Prends mon bonhomme par le bras et on descend lentement jusqu'à la voiture.

On part. En route, il ne décroche pas un mot.

A Pontcharra, je lui propose de venir à la maison. Rien à faire, il refuse. Je l'aide à s'installer au mieux dans sa cambuse et je redescends.

J'arrive juste à l'heure à l'usine. Toute la nuit cette histoire me travaille. Je suis inquiet. Qu'arrive-t-il à Polidor ? Je ne comprends pas. Un tel changement, aussi brutal, sans motif apparent ! Non, je ne comprends pas...

Le lendemain matin, j'avale rapidement un petit déjeûner, et monte chez lui, au Charru.

Je suis surpris, mais soulagé, en le voyant grimpé au sommet d'un escabeau dressé contre un arbre. Les bras tendus, il s'efforce d'atteindre une branche basse.

De lyi venye kontre. U fé ma u pou p'atashé on-na kourda a sla dâze, mé de l'ôtre flan dla kourda, de véye on-na grinda-kolan-na !...

Teu pron kô u se vire kontre ma. On rèste to do mouè, sin pepâ.

- Fô-me le kan !... Fô-me le kan ! K'u kire, lou ju fou de la téta.

- Mé ka-tou ke te fé ? Dlyi déje, aréte !

- Fô-me la pé ! Bourle Polido. E d'on kô lèste u se pâsse la kolan-na uteur du kolin é shanpe on grou kô de pyé dyin le taboneri. La kourda lyi sâre le petre... U kminche a vardinzhé in avan in aryé dyin l'è !

De bondasse kontre lui, d'akape se dué plôte dyin mou bré, de l'abade yô é le mantenye dra yô, teu in lyi braman :

- Shanpe lè sla kourda ! Inléve-me sin !

- Fô-me la pé ! ke pou a pana rpondre Polidor, le kolin trouyè.

Ul éssèye de me balyé de kô de pouin. D'apâre ma de pouéche. Teu pron kô la kourda mâ atashè, gliche su la dâza, nze tonbe dsu é ne roulin bâ dyin le prâ.

On bataye on momin. De tenye teurzheu le dué plôte de Polido ke me tanbourne tan k'u pou de kô de pouin é borle in ploran :

- Parka-tou ke t'â fé sin ?... Parka t'â fé sin ?

A la fin, u se béte a plan é plore sin bri. D'arape le bokon de kourde ke pindôlye a son kolin, le shanpe lè, poué, akapin mon sakré ijô pe le bré, de la méne yin dyin sa kabatan-na.

On s'achéte a flan yon de l'ôtre su on ban teu du lon de la tâbla.

- E orè ? Déminde Polido, teut in ploran. E orè ke t'â sôvâ la krué bétye, ka-tou ke te vé n'in fâre ?

- De krué bétye, d'in konyoche pâ. D'é on ami é poué é teu ! E sin ke kontye, par ma !

182

Je m'approche. Il tente de fixer une corde à cette branche, mais à l'autre bout de la corde, j'aperçois un nœud coulant !...

Brusquement, il se tourne vers moi. On reste tous deux muets, interdits.

- Fous-moi le camp !... Fous-moi le camp ! Crie-t-il, les yeus exorbités.

- Mais qu'est-ce que tu fais ? Lui dis-je, arrête !

- Laisse-moi tranquille ! Hurle Polidor, qui, d'un geste rapide se passe le nœud coulant autour du cou et donne un coup de pied dans l'escabeau. Il commense à se balancer dans l'air !

Je bondis vers lui, j'attrape ses deux jambes dans mes bras, je le soulève et le maintiens en l'air, tout en criant :

- Balance-moi cette corde ! Enlève-moi ça !

- Fous-moi la paix ! Tente de répondre Polidor, la gorge serrée.

De ses poings il essaye de me frapper. J'esquive comme je peux. Brusquement, la corde mal attachée, glisse sur la branche, nous tombe dessus et nous roulons dans le pré.

On lutte un moment. Je tiens toujours les deux jambes de Polidor qui me larde tant qu'il peut de coups de poings et hurle en pleurant :

- Pourquoi t'as fait ça ?... Pourquoi t'as fait ça ?

Enfin, il se calme et pleure silencieusement. On se relève. J'arrache le morceau de corde qui pend à son cou, le jette au loin et prenant mon bonhomme par un bras, je le conduis dans sa cabane.

On s'assied côte à côte sur un banc le long de la table.

- Et maintenant ? Interroge Polidor, tout en pleurant. ET maintenant que tu as sauvé la salle bête, qu'est ce que tu vas en faire ?

- De salle bête, j'en connais pas. J'ai un ami et c'est tout ! C'est ce qui compte pour moi.

- E ta k'a la rèsponsabilitâ orè. Te saré pâ vnu, op ! Yava plu nyon ! Shanvi le bal ! Nètyè, kouayè, plu ryin !... Ya poué falu ke te venyisse teu inbyârâ ! E ta la kouza ! Ta la kouza !... Katou ke te vé fâre orè, Monchu le sôveu ?

- Te vé me fâre le plézi, d'abo, de plu bablâ ma sin... T'intin ! E pâ ma le sôveu, é ta !... Ya ke ta pe te sôvâ de te badyanneri é te rbetâ d'aplon.

- Ejè a dire !
- Fô te sakou, non di Dyou ! Ka-tou ke te prin ? T'é bin teuzheu le méme ! Chô ke d'é konyu é ke de konyoche onko ! On ami su lekin de pouéche kontâ ! Adon !...
Polido se pane la fgueura a dué man, seufle ma on bou, poué para mzantâ. De sintye k'i vire grou dyin sa téta !

- E de sé pâ... Fô plu ke de rèstisse itye ! k'u di. D'é po ! I me fô rintrâ shé ma, lé in Calabre... Di, Dyan, tou ke te pou me fâre parti voui ?... Vouè, voui, pe la Calabre ?
Du kô, de rpondye :
Te vo parti voui ? On vé se démnâ pe sin... Sta nué t'é dyin le trin ! Cheû ! Mé fé pa poué de badyan-nri ! T'in fé promèssa !
- Si de tourne shé ma, lé in Calabre, é promi. Te pou étre cheû ! rpon Polido.
- In atindyan, vin bâ a la mézon avoué ma, on vé fâre on ptyou dézhon, poué on sote dyin la vouateura tan k'a lé a Shanbri.
Bâ a la mézon de déje a la Rnée ke Polido vo teurnâ shé lui in Calabre. Le fé on é de doz é, mé di ryin. U vé prindre le trin é de l'inméne lé a Shanbri...
La Rnée aparcha vite ke Polido é teu krotâ, dépnâyè. L'a d'on kô ptyè par lui.
- Ve n'alâ pâ modpâ ma sin, ke le di. Dyan vé ve balyé on-na shmiza prôpre...

- C'est toi qui es responsable maintenant. Tu serais pas venu, hop ! Il y avait plus personne ! Fini le bal ! Nettoyé, balayé, plus rien !... Il a fallu que tu viennes tout compliquer ! C'est ta faute ! Ta faute, ta faute !... Que vas-tu faire maintenant, Monsieur Le Sauveur ?

- Tu vas me faire le plaisir, d'abord, de plus parler comme ça. T'entends ! C'est pas moi le sauveur, c'est toi ! Et ça ne peut être que toi qui vas te sauver de tes conneries et te remettre d'aplomb.

- Facile à dire !

- Secoue-toi, nom de Dieu ! Qu'est-ce qui te prend ? Tu es bien toujours le même ! Celui que j'ai connu et que je connais ! Un ami, sur qui je peux compter ! Alors !...

Polidor se frotte le visage à deux mains, souffle comme un bœuf, puis, semble réfléchir. Je sens que ça tourne dans sa tête !

- Je sais pas... Il faut plus que je reste ici, dit-il. J'ai peur ! Il me faut rentrer chez moi, en Calabre... Dis Jean, tu peux me faire partir aujourd'hui ?... Oui, aujourd'hui, pour la Calabre ?

Sans hésiter, Je réponds :

- Tu veux partir aujourd'hui ? On va s'occuper de ça... Ce soir tu es dans le train ! Sûr ! Mais tu fais pas de conneries, promis !

- Si je rentre chez moi, c'est promis. Tu peux être sûr ! répond Polidor.

- En attendant, descends avec moi à la maison, on va se faire un petit déjeuner et puis on saute dans la voiture jusqu'à Chambéry.

A la maison, je dis à Renée que Polidor veut rentrer chez lui en Calabre. Elle fait un drôle d'air, mais ne dit rien. Il va prendre le train. Je vais l'emmener à Chambéry...

Renée remarque vite que Polidor est sale, dépenaillé. Elle a brusquement pitié de lui.

- Vous n'allez pas partir comme ça, dit-elle. Jean va vous donner une chemise propre...

-... T'â avoué on-na vèsta ke te béte plu. Le pore charvi a ton ami. ke l'apon.

On mezhe on bokon. On aprèste de sandviche pe le vyazhe, é d'inméne mon Polido, ablyè ma on députâ, dyin la Juva.

A Shanbri, ya teu pra de tin. Ya falu aprèstâ le vyazhe, treuvâ lou trin ke se djévan, ashètâ lou belyè, balyé de so, sava kobyin, trô, pâ pro....

De lyi in bâlye avoué pe lou rakrô é a 20 ore é kôke mnute, le trin inpourte chô de la légyon lé kontre lou payi de kin ul éta ptyou

- Kin drôle de kontye, de déje a la Rnée in rvenyan. Koui-tou kâran kru ke Polido shanvre ma sin ?

- Ul é pâ shanvi ! Ke le rbéke. Te varé, on vé bin onko ouyi bablâ de lui !....

- ... Tu as aussi une veste que tu ne mets plus, Elle pourrait servir à ton ami, ajoute-t-elle.

On mange un petit morceau. On prépare des sandwichs pour le voyage et j'embarque mon Polidor, habillé comme un député, dans la Juva.

A Chambéry, tout prit du temps. Il fallut organiser le départ, trouver les correspondances, retenir les billets, donner de l'argent, discuter le montant...

Je lui en donne aussi pour les imprévus et à 20 heures et des minutes, le train emporte notre légionnaire vers les lieux de son enfance !...

- Quelle drôle d'affaire, dis-je à Renée, en rentrant. Qui aurait cru que Polidor finirait comme ça ?

- Il n'est pas fini ! Réplique-t-elle. Tu verras, on entendra bien encore parler de lui !...

(1) Ramiettes. Petites « rama ». La rama était le lieu de rassemblement des troupeaux avant la montée à l'Alpe ou à l'apage.

24) On-na lètra de Polido

Ché ma étan a pana passâ, kin le pèdon a pouzâ on-na lètra dyin ntra skatola.

La Rnée l'a akapâ é a argadâ la groussa ékorteura ke fachéve l'adressa.

Le frankôbole pochéve pâ se lire.

L'argâde daré la lètre :

T A N T O U R L O

Le non korive teu du lon de l'invlopa, grefenyè grou !.

In me moutran la lètre, le me di :

- De sé pâ ka yé ! D'èspére k'é pâ on de slou de koutyé dlouz inpou ke nze vo onko d'inbyâre !

- Ô, on a poué ryin a kashé, te sâ !

D'uvre la lètra é de léjé a voué yôta :

« Reggio, le 21 novinbre 1948

« Mon brâve Dyan,

ou mon brâve Dyan-Séban ou mon poure Kontramétre, Mon brâve Brakô !...

Te va, on a to plujeu non ! Te me konyo pâ ! Mon non é pâ mon non. Te m'â teurzheu apèlâ Polido... é de si pâ plu Polido ke ta, é portan, é ma ! »

- E on-na lètra de Polido ! Ke de déje a la Rnée.

- Â, le vatya onko ! Ke le rbéke... D'étin cheura k'on alâve le rvar chô-tye.

De rkminche a lire a voué yôta :

24) Une lettre de Polidor

Six mois s'étaient à peine écoulés, quand le facteur déposa une lettre dans notre boîte.

Renée la prit et observa la grosse écriture qui composait l'adresse.

Le timbre postal était illisible.

Elle retourna la lettre :

TANTOURLO

Le nom courait sur toute la largeur de l'enveloppe. En me montrant la lettre, elle me dit ;

- Je ne sais pas ce que c'est. J'espère que c'est pas un tordu des impôts qui nous cherche encore des noises.

- Oh, on n'a rien à cacher, tu sais !

J'ouvre la lettre et lis à haute voix :

« Reggio le 21 novembre 1948

« Mon cher Jean,
ou Mon cher Jean-Sébastien, ou Mon pauv' Contremaître, ou Mon cher braconnier... !

Tu vois, on a tous plusieurs noms ! Tu me connais pas ! Mon nom n'est pas mon nom. Tu m'as toujours appelé Polidor... et je ne suis pas plus Polidor que toi, pourtant, c'est moi !

- C'est une lettre de Polidor ! Dis-je à Renée. ;

- Ah, le revoilà ! Réplique-t-elle... J'étais sûre qu'on le reverrait !

Je reprends ma lecture à haute voix.

«... Te m'â teurzheu apèlâ Polido, louz ôtre avoué... E de si pâ Polido ! E on bregue ke d'é invintâ !

Tou ke te te rapéle kin on gabyan-nâve to do dyin le gôlye du Coisetan, le dyanbayâ u ku ! E ta mâre k'âmâve pâ ke te vnyisse avoué chô trana-ku de Polido ! Â, Â, éta le bon tin, ma on di poué !

E bin, Polido é pâ Polido ! De m'apéle Tantourlô di Brasera ! Â, i t'in konye on bokon, in ! A shakon sa vèrtâ, ma dire ntron grin Pirandello !

Te konyo pâ non plu lou Brasera ! Mon pâre é propriô d'on-na grinda latifundia in Calabre, mé é on kon ! Petou, de dèvre dire, éta on kon, parka orè ul é mo. De me si sôvâ pâ petou ke d'é pochu.

Tantourlô ! M'ava balyè on ptyou non ma sin !...

Voui, é mon frâre ke fé modâ l'uzena. Erozamin on é bin konyâtu é d'ako. Surteu, d'èspère ke te vindré me var é k'on fara poué de grousse shasse, bin pe grousse ke sele de Pontsharrâ. On âra pâ lou Fontville u ku ! Le payi é grin. On âra de ka s'amozâ !

Ya plu on lo dyin ma téta ! Adon, a nz'ôtre la brâva vya !... Mé te sâ, de vouélye te rakontâ le drôle de kô tordu ki m'é arvâ dsu yô u Pontet ! Mé le proshin kô. Parka pe voui, i môde ma sin.

U proshin kô. Ton ami.

Tantourlo-Polidor di Brasera. »

- Adon sin !... De m'i atindyéve pâ ! Ke de déje in m'achètan

. - Avoué chô Polido, on dèvre s'atindre a teu ! Rbéke la Rnée. Te vé var sin k'u vé onko invintâ !

- Tantourlo-Polidor di Brasera ! Te pârle d'on non !... E fakya on nôble ?

- Fakya... peka pâ !... I se pore bin !... Si Saugemerle éta itye, lui, u nze dire fakya...

- Tantourlo di Brasera, latifundiste in Calabre ! Si de m'atindyéve a sin !... Tou k'on di latifundiste ?

190

«... Tu m'as toujours appelé Polidor, les autres aussi... et je ne suis pas Polidor ! C'est un truc que j'ai inventé !

Tu te rappelles quand on pataugeait tous les deux dans les marais du Coisetan, le garde-champêtre au cul ! Et ta mère qui n'aimait pas que tu fréquentes ce crasseux de Polidor ! Ha, Ha, C'était le bon temps, comme on dit !

Eh bien, Polidor n'est pas Polidor ! Je m'appelle Tantourlo di Brasera ! Ah, ça t'en bouche une surface, hein !... A chacun sa vérité, dirait notre grand Pirandello !

Tu connais pas non plus les Brasera ! Mon père possède une grande latifundia en Calabre, mais c'est un con ! Enfin, je devrais dire, c'était un con, car maintenant il est mort. Je l'ai fui dès que j'ai pu.

Tantourlo ! M'avoir mis un prénom pareil !

Aujourd'hui, c'est mon frère qui fait marcher l'entreprise. Heureusement, on s'entend bien. Surtout, j'espère que tu viendras me voir et qu'on, fera des chasses autrement plus grasses que celles de Pontcharra... On n'aura pas les Fontville aux fesses ! Le pays est grand, on aura de quoi s'amuser !

Il n'y a plus de loups dans ma tête ! Alors, à nous la belle vie !... Mais, tu sais, je veux te raconter l'étrange coup tordu qui m'est arrivé au Pontet ! Mais la prochaine fois. Pour aujourd'hui, ça va !

A la prochaine . Ton ami.

Tantourlo-Polidor di Brasera »

- Alors ça !... Je ne m'y attendais pas ! Dis-je en m'asseyant.

- Avec ce Polidor, on devrait s'attendre à tout ! Réplique Renée, tu vas voir ce qu'il va encore inventer !

- Tantourlo-Polidor di Brasera ! Tu parles d'un nom !... C'est peut-être un noble ?

- Peut-être bien... ça s'pourrait !... Si Saugemerle était là, il nous dirait.

- Tantourlo di Brasera, latifundiste en Calabre ! Si je m'attendais à ça !... On dit latifundiste ?

191

- D'in sé ryin, rpon la Rnée in rejan, fôdra se betâ u klyâ, orè ke t'â on ami dyin la yôta !

- De mô lyi rpondre, é cheû !

- J'en sais rien, répond Renée en riant, faudra se renseigner, maintenant que t'as un copain dans la Haute !
- Je vais lui répondre, bien sûr !

25) Dojéme lètra

Onko on kô on-na lètra avoué
T A N T O U R L O daryé.
On sâ koui yé, orè !
D'é rpondu a mon ami, in lyi démindan peka-tou k'u se
fachéve apèlâ Polido.
De léje a voué yôta :

« Reggio le 14 décembre 48

« E ma,
Ä ! Â ! Polidor markore Mu. Le Kontramétre ! Te te déminde koui an pochu me balyé chô non Polidor, chô ke te konyo,
é pâ on ôtre !
E bin dyin la vyè, é poué lou pâre ou lou parin ke bâlyon
on ptyou non a loz éfan é on in di plu ryin. Mé « Polidor », é ma
ke de me le si balyè !.
E drôle. D'avin l'inprèchon d'étre pâre é ptyou !. Pâre é
ptyou teut a kô ! Ya de ka te bolivèrsâ le sarvyô !
- D'é pra chô non a kouza de Polidori, on grefenyu dla
Toscane, k'a grefenyè on-na neuvéla ke s'apéle : «Vampire »,
dyin lakinte, la brâva Oneiza môde seuvin fou de sa tonba la nué
pe vni fâre de mâ a l'eume ke l'a âma le mé. U passan insin de
bon momin estrordinére !...»
- Kin de te déje ke chô Polidor m'a jamé sinblâ d'aplon !
Kire la Rnée.
- Te pou pâ l'inkoti !...

« Sla neuvéle, te fé konyotre on moué de chouze su le
plézi. Pe de vré, Oneiza fé pâ de mâ a son amouéro, le lyi bâlye

194

25) Deuxième lettre

De nouveau une enveloppe avec
T A N T O U R L O, derrière.
On sait maintenant qui l'a écrite.
J'ai répondu à mon copain en lui demandant pourquoi
ile se faisait appeler Polidor.
Je lis à haute voix :

« Reggio le 21 décembre 48

« C'est moi,
Ha ! Ha ! Polidor tracasse Mr.Le Contremaître ! Tu te
demandes qui m'a donné ce nom Polidor, le seul que tu
connaisses !
Eh bien d'habitude, ce sont les pères ou les parents
qui donnent un prénom à leur enfant et on n'en parle plus. « Polidor », c'est moi qui me le suis donné !
C'est étrange. J'avais l'impression d'être père et fils !
Père et fils à la fois ! De quoi te chambouler le cerveau !
Je l'ai choisi à cause de Polidori, un écrivain toscan,
auteur d'une nouvelle intitulée, « Vampire », dans laquelle, la
belle Oneiza sort fréquemment de son tombeau la nuit, pour tor-
turer l'homme qu'elle a le plus aimé. Ils passent ensemble des
moments extraordinaries !..»
    - Quand je te dis que ce Polidor ne m'a jamais paru
d'aplomb !   S'exclame Renée.
    - Tu ne peux pas le supporter !...

« Cette nouvelle t'apprend toute une science du plaisir. Oneiza ne torture pas son amant, elle lui donne du plaisir !

de plézi ! On babéle de teurminta, sin ki n'in é pâ. On di teurmin parka on a pâ de mô. Dyin ntra sivilizachon krétyène, vargonyoza é dandé, on a pâ de mô pe le plézi. Polidori in a !

D'étin zhuéne, u m'a bin fé plézi. Eta drôlamin byin. U m'a fé konyotre le Calabraises... é avoué, lou kon de Calabrais, ke son poué pe mouvé ke vtrou Corses. De te rakontera...

Kan te vindré me var te varé le Calabraises ! E de drôle

Adon, de m'aréte pe voui. On babèlra de teu sin.

Byin par ta.
Tantourlo-Polidor !»

On appelle torture, ce qui n'en est pas. On dit torture, faute de mots. Dans notre civilisation chrétienne, pudibonde et abrutie, on n'a pas de mots pour le plaisir. Polidori en a !

J'étais jeune, ça m'a bien plu. C'était drôlement bien. Et ça m'a fait découvrir les Calabraises... et aussi les cons de Calabrais, qui sont pires que vos Corses. Je te raconterai...

Quand tu viendras, tu verras les Calabraises ! C'est des spéciales !!

Allez, j' arrête pour aujourd'hui. On en reparlera.

Bien à toi.
Tantourlo-Polidor !»

26) Troisième lettre

« Reggio 18 févré 49

« E teurzheu ma,

De t'é promi « lou lo du Pontet ». De te déye bin sin ! Te vé in rèstâ baba, ma ma. Mé é shanvi orè, plu on lo dyin ma téta, érozamin !

De kminche... Mé de déje pâ teu, parka te sâ, i sare trô du lon !

A Pontsharrâ, on zheu, de môde dyin le kâfé, shé la Nania. D'akape le zhornyô. Kô u keu ! Cesare Barezza é mo ! L'intaramin se fé dyin tra zheu, yô u Pontet, in Savoué.

Cesaré éta mon bon konyâtu a la lézhyon ! Mon ami de guèra, mon frâre de bataye pe la vya, pe la mo. De si teu bolivarsâ !

Le luindman d'apré, de prenye le kâ é monte yô u Pontet. D'arive trô tâ pe l'églyiza. I me fé ryin. De si vnu pe modâ a flan de Cesare tan k'u smetyére. Poué é teu.

In modan daryé la bouata, de seuvnyanse se barôlyan dyin ma téta. Dire k'ul é itye dyin le né.... A ka-tou k'u pou bin pinsâ ?... De le véye ma ul éta itye-lé a la lézhyon. On eume k'ya pâ myu ! On éta teurzheu insin. Teu me rvin yô in vrak. Lou kô de travyole, le kô deu, le salua, le dézè, le san, louz urle, teu !...

Ya plu de smetyére, plu de prossechon, plu de Pontet. De si itye-lé ! E le klyéron, lou kire, la régla, lou konba. Cesare é teurzheu itye, teurzheu in fyansa. On se léche jamé. Dyin louo

26) Troisième lettre

« Reggio 18 février 49

C'est toujours moi,

Je t'ai promis « les loups du Pontet ». J'te dois bien ça ! Tu vas en rester baba, comme moi. Mais c'est fini mainant : plus de loups dans ma tête, heureusement !...

Je commence… Mais j'abrège, sinon ce serait trop long !

A Pontcharra, un jour; je rentre dans le café, chez la Nania. Je pique le journal. Coup au cœur ! Cesare Barezza est mort. L'enterrement a lieu dans trois jours, au Pontet, en Savoie.

Cesare, c'était mon pote à la légion ! Mon compagnon de guerre, mon frère d'armes à la vie à la mort. Je suis bouleversé !

Le surlendemain, je prends le car et monte au Pontet. J'arrive trop tard pour la cérémonie à l'église. Sans importance. Je suis là pour accompagner Cesare jusqu'au cimetière. C'est tout.

En marchant derrière la caisse, des images se bousculent dans ma tête. Dire qu'il est là, dans le noir. A quoi il doit bien penser ?… Je le vois comme il était là-bas à la légion. Un super type ! On était toujours ensemble. Tout me revient en vrac. Les coups tordus, les violences, le soleil, le désert, le sang, les cris, tout !

Il n'y a plus de cimetière, plus de cortège, plus de Pontet. Je suis là-bas ! C'est le clairon, les appels, la discipline, les batailles. Cesare est toujours présent, toujours fidèle. On se

konba, yon aguéte l'ôtre. On a on ju parteu, devan, daryé. On môde yin dyin lou valzhe. Ya de felouze de to lou flan. De kashe. Lou kô de fozi venyan de tou lou flan. On triye su teu sin ke buzhe !

E poué , dyin louz Aurès, on zheu, avoué Cesare e teu le batayon, on porsui on-na klika de fels. U nze tiran a la kalach. Le bâle pâssan in ron-nan ma dez avelye. On shanva pe lou possâ a ku u fon d'on-na krika de montanye.

Lou badyan, u môdan to dyin on-na balma kavâ dyin la montanya. On boushe l'intrâ. U pouéchon plu vni fou.

- I fô balyé l'ataka : Shanpe le kapiténe.

On se bâlye on kô de ju intre nz'ôtre. La treupa béte bâ lou fozi, le mitrayete, le grenade. Ne gardin slamin ntron ketyô de guéra. Adon, sin on mo, sin on kri, sèrzhin in téte, la treupa é intrâ dyin la blame dlouz Aurès.

Avoué de keu, le kapiténe é rèstâ defou. On s'étripe dyin la nué ma de bétye.

Kin on mode fou, ntrez âmre blinshe son reuzhe. Ntre man avoué, ntrou bâ-bré avoué é ntrouz abilyamin son teu mâshrâ.

Le piténe nze konyo kâzmin plu ! U nze di k'on a plu on-na fgeura d'eume, mé on-na mareta sarvazhe, on-na mareta de sarvazhena, de lo inrazhè.

Teu seulè su la rota pe rintrâ, de m'in môde du Pontet. La bourta tuéyora de la balma me teurminte. Lou sintimin de po é de pavintoze ke d'é tan lontin mantnu fan d'on kô on égavazhe. De me tape dyin la nué. De kôpe le gourzhe sin petyè...

La boshe, grinde uvèrta de pouéche pâ sospirâ.

Le zheu môde bâ. Lez onbre s'étuyan. D'arive dyin on boué. De mzantye.. Le boué é né. De mô in avan.

Teu pron kpo, do ju zhône m'argâdan dyin la nué ! On fre-volè me kou su teuta la râtéla. Surteu ne ryin léché var ! Fô pâ kori !

D'abo d'ôtre ju dinchan uteur de ma.

Itye-lé u fon de la rota, on-a lmyéra s'alume ! Si de pouéche yarvâ, de si sôve !

quitte jamais. Dans les combats, l'un surveille l'autre. On a l'oeil partout, devant, derrière. On rentre dans les villages. Y a des felouzes de tous les côtés. Des planques. Les tirs viennent de n'importe où. On tire sur tout ce qui bouge !...

Et puis, dans les Aurès, un jour, avec Cesare et tout le bataillon, on poursuit une bande de fels. Ils nous tirent à la Kalash. Les balles passent en ronflant comme des guêpes. On finit par les acculer au fond d'un cirque montagneux.

Les cons, ils se réfugient dans une grotte au flanc de la montagne. On bloque l'entrée. On empêche toute sortie.

- Il faut donner l'assaut ! Lance le capitaine.

On se jette un coup d'œil entre nous. On laisse tomber fusils, mitraillettes, grenades. Nous ne gardons que notre poignard de guerre. Alors, sans un mot, sans un cri, sergent en tête, nous entrons tous dans la grotte des Aurès.

Courageusement, le capitaine reste à l'extérieur... On se bat dans le noir comme des bêtes..

Quand nous sortons, nos armes blanches sont rouges. Nos mains, nos avant-bras aussi et les uniformes sont maculés.

Le pitaine nous reconnaît à peine ! Il nous dit qu'on n'a plus un visage humain, mais un masque sauvage, un masque de fauve, de loup enragé.

Seul sur la route du retour, je m'éloigne du Pontet. L'horrible tuerie de la grotte m'accable. Les sentiments d'horreur si longtemps contenus me submergent brusquement. Je me bats dans la demi-obscurité. J'égorge sans pité...

La bouche grande ouverte, l'air me manque.

Le jour baisse. Les ombres s'allongent. J'arrive à l'entrée d'un bois. J'hésite, le bois est sombre. J'avance.

Tout à coup, deux yeux jaunes me regardent dans la nuit ! Un frisson me parcourt tout entier. Surtout, ne rien laisser paraître ! Ne pas courir !

Bientôt d'autres yeux dansent autour de moi.

Là-bas, au bout de la route, une lumière apparaît ! Si j'y arrive, je suis sauvé !...

De mode teu plan, trô plan, ma on rôbô. De sintane de ju zhône dinchon dyin le boué, sotan, kouran, borlan dyin on va-kâmre tarible.

D'in pouéche plu. De mô éketrâ, bourlâ, plorâ !

A la fin, de sintye lou premyé égrâ d'éshalyé dzeu mou pyé. De monte yô su on-na sourta de lôzha, de kou lé kontre la porta du fon, tape avoué me dué man in borlan :

- Uvri, uvri par petyè !

On-na voué de féna rpon;

- D'uvre pâ la nué a lou étrinzhé !

- De si pâ on étrinzhé, de... Lou lo son itye, vite, faché vite !

- Lou lo ? Ya pâ de lo pretye !

De me vire. La groussa téta d'on lo arive u sonzhon dlou éshalyé. D'on-na voué inrézlâ, de déje chouplé ..

. - Vite, vite, u son itye.

La pourta s'uvre, de mô yin.

De rèste ma on badyan, sin buzhé, sin pinsâ, sin pepâ on mo. Ryin.

- Achètâve, ke di la voué de féna.

Sa voué é dossa. On-na vréta likeu ! De bushe pâ. On-na man m'akape on bré, me posse, me fé achètâ kontre on-na tâbla. De déje ryin. E ma dyin on réve. De si itye é teu insin, de si pâ itye.

Adon, la fèna s'achéte dvan ma. Le m'argâde avoué on drôle d'è. Jintyè, voué, jintyè. Le para ava petyè de ma.

Le babéle, parka de véye brassâ se pôte, mé d'ouye ryin. Poué le son, vin.

Le me babéle de lya. L'a bin sefri... Vouè, la teurminta, le sâ ka yé...Le Boryô l'a akapâ on premyé kô, ke le di, kin son gar-son, on vépre de patarâ a éta foulminâ dvan sou ju p'on éluid blin !

De rpondye ryin.

Le porsui ma si d'étin pâ itye.... Portan é a ma ke le ba-béle, le babéle. De la véye. Le m'argâde...L'a de slou ju !... De ju zhône !... On rgâ ke se koule tan k'u fon dlou barlingô. Mé u

202

Je marche lentement, trop lentement, comme un automate. Des centaines d'yeux jaunes dansent dans le sous-bois, s'ébattent, se battent, hurlent dans un tintamarre assourdissant.

J'en peux plus. Je vais exploser, hurler, pleurer. Enfin, je sens les premières marches d'escaliers sous mes pas. Je monte sur une sorte de balcon, me précipite contre une porte au fond, frappe des deux poings en hurlant :

- Ouvrez, ouvrez vite, par pitié !

Une voix de femme répond :

- Je n'ouvre pas la nuit aux étrangers.

- Je suis pas un étranger, je.... Les loups sont là, faites vite !

- Les loups ? Il n'y a pas de loups par ici !...

Je me retourne. La grosse tête d'un loup apparaît au sommet des escaliers. D'une voix rauque, je supplie :

- Vite, vite, ils sont là !. ..

La porte s'ouvre. J'entre.

Je reste comme un con, sans bouger, sans penser, sans dire un mot. Rien.

- Asseyez-vous, dit la voix de la femme.

Sa voix est douce. Une liqueur ! Je bouge pas. Une main me prend par un bras, m'entraîne, me fait asseoir près d'une table. Je dis rien. C'est comme dans un rêve. Je suis là et ne suis pas là.

Alors, la femme s'assied en face de moi. Elle me contemple avec un air sympa. Oui. Elle semble me plaindre.

Elle parle, parce que je vois bouger ses lèvres, mais j'entends rien. Puis, le son vient.

Elle me parle d'elle. Elle a beaucoup souffert... Oui, la souffrance, elle sait ce que c'est... Le Bourreau l'a frappée une première fois, dit-elle, quand son fils, un soir d'orage, a été foudroyé sous ses yeux par un éclair blanc !...

Je réponds rien.

Elle continue comme si je n'étais pas là. Pourtant, c'est à moi qu'elle parle. Je la vois. Elle me regarde. Elle a de ces yeux ! Des yeux jaunes ! Un regard qui se coule jusqu'au

bâlye pâ invyè. Sin k'é drôle. Tou ke te parcha sin, mon Dyan ?
Ma d'i parchave ryin !

Le Boryô l'a akapâ on déjéme kô, kin ul a fé sofokâ son
épo dyin sa tena on vépre apré le vindinzhe. Le se pane le lâmre
ke rinplassan sou ju.

Apré, la vya, l'amou, l'invyè, se san modâ fou de lya. Pe
pâ sefri trô, le s'é rgremelyè su lya, s'é sarâ a teu, a kontinyè a
vivre, sin sava parka.

Le m'argâde. Le da sinti ke kôkaryin vire pâ ma fô dyin
ma téta. L'a pâ lè d'ava po. E ma ke d'é po. D'é po de lya ! Sou
ju ! Sou ju ke fassinan ! De grevoule de teu mon ko.

Lya, le para prèste a plorâ. L'é brassâ tan k'u fon de lya.
Le me prin pe la man, m'inméne lé dyin la kozena.

D'é pâ fan. De vouélye pâ mezhé. Le m'inméne lé dyin la
shinbra. De mzante, mé de mô yin. Ya on-na grinda kusha
blinshe. Le me bâle on kô de man pe m'étulyé dsu. D'é po.
D'émoshe pâ son bré, de le tire kontre ma. Le vin, teuta dosse.
Le s'étulye teu plan kontre ma. On rèste itye sin buzhé.

E le premyé kô ke de si ma sin a flan d'on-na fèna. E
straordinére, i me fé de byin. Teu plan, le tire on-na poltrôna su
nz'ôtre. On s'indrume.

Tou ke te va ? Ma-tou ke te konprin sin, ta mon Dyan ?
Ma d'é teurzheu ryin parchu !

U matin, la féna fé on kâfé. De m'abade poué de déje sin
ke fô pe ke venyisse me kri.

Le môde bâ u vlazhe pe bablâ u kouèrlè.

Dyin la tantou, t'arive. Poué, é drôle, de te rkonyoche pâ
du kô !... De déje ryin, d'é lou ju bâ pe tèra. De rèste ma on kon...
Apré te konyo la fyanfyourna...

Mé t'â étâ alefe ! Ma Cesare ! Teurzheu itye kin i fô ! D'é
on-na bona fortena d'ava de bon ami ma ta ! De poura jamé ou-
bliyé. D'é grinde invyè de te var onko ! Vin vite !

D'aréte pe voui. De t'é fé on vré grou bokon ! De si matya
kréve, mé te sâ a pou pré teu.

fond des couilles. Mais il donne pas envie. C'est drôle. Tu comprends ça, mon Jean ? Moi j'y comprends rien !

Le Bourreau l'a frappée une deuxième fois, quand il a asphyxié son mari, dans sa cuve, un soir de vendanges. Elle essuie les larmes qui envahissent ses yeux.

Alors, la vie, l'amour, le désir, se sont retirés d'elle. Pour moins souffrir, elle s'est repliée sur elle-même, s'est fermée à tout et survit sans savoir pourquoi.

Elle me contemple. Elle doit sentir que quelque chose tourne pas rond dans ma tête. Elle a pas l'air d'avoir peur. C'est moi qui ai peur. J'ai peur d'elle ! Ses yeux, ses yeux qui fascinent ! Je tremble de tous mes membres.

Elle, elle semble émue jusqu'au fond d'elle-même. Je la sens prête à pleurer. Elle me prend par la main, m'emmène dans la cuisine.

J'ai pas faim.Je veux rien manger. Elle m'emmène vers une chambre. J'hésite, mais j'entre. Y a un grand lit blanc. Elle m'aide à m'étendre dessus. J'ai peur. Je ne lâche pas son bras, l'attire contre moi. Elle vient, toute douce. Elle s'allonge calmement à mes côtés. On reste là sans bouger.

C'est la première fois que je suis de cette façon à côté d'une femme. C'est extraordinaire, ça me fait du bien. Lentement, elle tire un édredon sur nous. On s'endort.
Tu te rends compte ? Comment tu comprends ça, mon Jean ? Moi j'ai toujours pas compris !…

Au matin, la femme fait du café. Je me lève et j'explique pour que tu viennes me chercher.

Elle part au village pour téléphoner.

Dans l'après-midi, tu arrives. C'est drôle, je te reconnais à peine !… Je dis rien. Les yeux baissés, je reste comme un con … Après, tu connais la chanson…

Mais t'as été super. Comme Cesare. Toujours là quand il faut ! J'ai de la chance d'avoir un copain comme toi ! Je n'oublierai jamais ! J'ai hâte de te revoir ! Viens vite !

J'arrête pour aujourd'hui. Je t'en ai fait une vraie tartine ! Je suis crevé, mais tu sais à peu près tout.

Orè, é a ta de vni me var. Te konyo pâ poué la Calabre. I te sara on-na bin brâve okajon. Te varé, t'argréteré pâ. De si cheû.

A yon de slou zheu, mon ami !

Tantourlo-Polidor »

De rèste boshe uvèrta. D'argâde la Rnée. De sé ni ka pinsâ, ni ka dire.

- Ul é matya fo ! Emoshe la Rnée, de te l'é teurzheu de !
- Nè, ul é pâ fo... Méme si ul a passâ on drôle de kué momin. Mé u para ava rtreuvâ son éme.
- Voué, pe konbyin de tin ?
- Ul é fakya gari de teu. E poué é on brâve garson, on bon konyâtu.
- On brâve garson ?... Tou k'ul a pâ étâ intarâ on kô tan k'u kolin ? E bin k'ul a du fâre de markouan-nri !
- Ô, ul é tonbâ su plu folârye de lui ! On fo zhalo ! E poué, éta lé a la lézhyon !...
- E sla dékarnachon dyin sla balma !... Kinte oreu ! Kinte oreu ! kire la Renée in abadan lou bré.
- Vouè kinte oreu ! E mâléro, mé é la guèra. La guèra nze fé pe mouvé ke le bétye... Si de te djéve ke d'é vyu de chouze plu taribe ke sel-itye !...

Lou ju de Dyan venyon dra, ma si u vèyéve reuzeuyé le flame de l'infè.

- De chouze pe léde ?... Te m'in â jamé bablâ ! Kire la Rnée.
- Ô, é pâ la pana ! Nè, bablin plu de sin, é trô deu !... Fô pâ fâre ma lou tibunô ! Pâ fâre lou zhuzhe, si ne pochin... Dyin to lou ka, chô ke fé la guèra, é surteu a la lézhyon, vé i payé d'on-na fasson ou d'on ôtre. Argâde Polidor, ul a kminchè a payé in se krèyan atakâ in plan zheu pe de lo !
- E bin te vo ke de te dejisse ,... Si é ryin ke sin pe de paryére oreu, é pâ shé payè !
- Atin, é fakya pâ shanvi !...

Mainant c'est à toi de venir me voir. Tu connais pas la Calabre. Ce sera une occasion extra ! Tu verras, tu regretteras pas. Je suis sûr....

A bientôt, mon ami !

Tantourlo-Polidor.»

Je reste bouche bée. Je regarde Renée. Je ne sais ni quoi penser, ni quoi dire.

- Il est moitié fou ! Lâche-t-elle, je te l'ai déjà dit !.
- Non, il est pas fou... Même s'il a passé un drôle de moment. Mais il a l'air d'avoir retrouvé ses esprits.
- Ouais, jusqu'à quand ?
- Il est peut-être sorti d'affaire ! Et puis c'est un chic type. Un vrai copain.
- Un chic type ?... Il a pas été enterré jusqu'au cou ? C'est bien qu'il a dû causer des torts !
- Oui ! Il est tombé sur plus fou que lui. Un fou jaloux.! Et puis, c'était à la légion !
- Et ce carnage dans cette grotte ! Quelle horreur, quelle horreur ! s'écrie Renée en levant les bras.
- Oui, quelle horreur. C'est bien triste. Mais c'est la guerre. La guerre nous rend bien pires que les bêtes... Si je te disais que j'ai vu des choses plus terribles que celle-là !....

Les yeux de Jean deviennent fixes, comme s'il voyait flamboyer les flammes de l'enfer.

- Des choses pires ?... Tu ne m'en as jamais parlé ! s'exclame Renée.
- Oh, c'est pas la peine ! Non, ne parlons plus de ça, c'est trop dur !... Essayons de pas juger trop vite, si nous pouvons. Celui qui fait la guerre et surtout à la légion, le paie d'une manière ou d'une autre. Regarde Polidor, il a commencé à payer, en s'imaginant attaqué en plein jour par des loups !
- Eh bien, tu veux que je te dise ?... Si ce n'est que ça, pour de telles atrocités, c'est pas cher payé !
- Attends... c'est peut-être pas fini !...

207

27) Lètra katra

« Reggio le 24 d'avri 49

Bonzheu mon brâve Dyan,

Chô kô, é bon. De kontye su ta pe le shôtin. Fô me dire kin t'arive itye a Reggio é de venye te kri. D'é pâ on-na Juva, mé te varé, é pâ mâ kin méme.
Pe le vyazhe, fô poué ke te prenyisse ton pistolè. Cheû ! Béte-le poué dyin ta valiza tan k'a Torino. Apré Torino, fô le manteni su ta, dyin ta vèsta ou dyin on-na fata de ton pintalon, tan k'a Reggio. Cheû, pâ ?
De sara a la gâra de Reggio.
On vé passâ de bon momin !
Vin vite !

Tantourlo-Polidor »

- Tou ke t'â ouyi ? ke de déje a la Rnée, u m'atin itye-lé.
- Vouè, d'é bin ouyi, mé fô pâ poué kontâ su ma pe parti itye-lé !... Ta, si te vo i modâ, t'i môde... De sé pro k'i te fé invije. Parka ma, avoué la ptyouta k'é itye, de pouéche onko pâ parti.

A shâpou, dyin ma téta, de m'aprèste a parti...
Pâ éjè !

27) Quatrième lettre

« Reggio le 24 avril 49

Salut mon cher Jean,

Cette fois, ça y est. Je t'attends cet été. Dis-moi quand tu arrives à Reggio et je viens te chercher. J'ai pas une Juva, mais tu verras, c'est pas mal quand même.

Pour le voyage, n'hésite pas à prendre ton pistolet. Mets-le dans ta valise jusqu'à Torino. A partir de Turin, garde-le sur toi, dans ta veste ou dans une poche de pantalon, jusqu'à Reggio.

Je t'attendrai à la gare.

On va passer de bons moments !

Viens vite !

Tantourlo-Polidor »

- Tu as entendu, il m'attend là-bas, dis-je à Renée
- Oui, j'ai bien entendu, mais ne compte pas sur moi pour aller le rejoindre !... Toi, si tu veux y aller, tu y vas... Je sais bien que tu en as envie. Tandis que moi, avec la petite en plus, je ne peux pas.

Petit à petit, dans ma tête je me prépare à partir.

Pas évident !

28) Vyazhe a Reggiô.

E lou kanpô payè !

Sè su la râtéla, taka su le flan, on-na dminzhe matin, de môde de Shanbri dyin le trin pe Turin.

D'é anonchè p'on-na lètre a Polidor, ke d'arvâve lé a Réggiô pe le trin.

A Turin, traz ore a aspètâ le trin. D'é poué bin le tin de fâre passâ mon pètâ de mon sè a on-na fata in dedyin de ma vèsta, teu èspré fabrikâ pe rcheva son ôte dla yôta.

A la fin, le trin pe Reggiô arive in ashanan. Lou vagon son konble. De monte in batan dlou kode é môde yin dyin le premyé konpartimin.

On-na plasse é vouade, lé kontre la fnétra. To lou flè pe le valize son rimpli, mé pâ kontre la pourta d'intrâ, yo k'ya dué plasse vouade. De boure don mon sè, yô su ma téta, poué d'atravèrse teu le konpartimin tan k'a la fnétra.

De m'achéte su la bankete in bouè, ma taka d'épale a flan de ma. I fé on-na shaleu sofokanta é de si teu in plin salua.

E pe sin ke sla plassa é rèstâ vouade, ke de me déje. D'èspére k'yâra on pyo dè pe la fenétra. De me béte a l'uvri. De pouéche pâ !...

D'argâde louz ôtre pe var si u me bâlyeran on kô de man. U drumon kâzmin to a matya ou son rzenyè.

Le trin s'émoushe teu plan. Le vyazhe é lon. UI in shanva plu ! I fé tan shô ke to lou mâléro ke son itye, balandalâ teu dosmin pe lou ronron du trin son to kefenyè orè dyin on-na sourta de koma.

Le trin s'aréte seuvin é on kô, l'eume ké a randa la pourta, s'abade, akape son sè dyin le flè é môde defou.

28) Départ pour Reggio.

C'est les congés payés !

Sac tyrolien sur le dos, musette sur le côté, un dimanche matin, je pars de Chambéry par le train pour Turin.

J'ai prévenu par lettre de ma venue par le train mon ami Polidor.

A Turin, après trois heures d'attente, pendant lesquelles j'ai largement le temps de transborder mon pétard, de mon sac à une poche intérieure de ma veste, spécialement aménagée pour son hôte de marque.

Enfin, le train pour Reggio, arrive poussivement. Les wagons sont bondés. Je monte en jouant des coudes et entre dans le premier compartiment.

Une place est libre près de la fenêtre. Tous les filets à bagages sont occupés, sauf près de la porte d'entrée où deux places sont vides. Je hisse donc mon sac au-dessus de ma tête, et traverse le compartiment jusqu'à la fenêtre.

Je m'assieds sur la banquette en bois, ma musette à côté de moi. La chaleur est étouffante et je suis en plein soleil.

C'est à cause de ça que la place est restée vide, me dis-je. J'espère qu'il y aura un peu d'air par la fenêtre. J'essaie de l'ouvrir. Impossible !...

Je regarde les passagers espérant une aide. Ils sont tous à moitié endormis ou résignés.

Le train s'ébranle lentement. Le voyage est long. La chaleur a raison de tous les malheureux qui, lentement ballottés par le rythme du train, sont plongés maintenant dans une sorte de coma général

A un des nombreux arrêts, le voyageur près de la porte, se lève, prend son sac dans le filet et sort.

A matya indremi, de le véye modâ defou du konpartamin é kori dyin le koulouâ.

- Tè, ke de me déje in bredelyan, é yon k'a le méme sè ke ma !

D'on kô, de m'abade.

- Mé, é poué mon sè k'ul a akapâ !

De sote su mou pyé é kou. Doz eume s'abadon adon, m'inpashan de passâ.

- Pardon, skozâ-me...

D'é bô lou tanbournâ, lou possâ, de béte trô lontin pe sorti defou é on kô bâ defou, de véye plu mon voleu, ni mon sè a râtéla.

Ya on moué de monde. De mô in avan su le ké. Le zhin son to paryé ! Yo modâ ? De mzante, poué de rtourne dyin le trin, in èspérin ke ma plassa sara teurzheu vouade.

De rintre dyin le konpartimin. Ma plasse é vouade, plujeu eume son parti é ma taka d'épale é parti avoué !...

Reggiô di Calabre. Lou trotouâ son konyè de monde. Le zhin se tanbornon. De me fache on shmin tan k'a la pourta d'intrâ. D'atindye. D'atindye...

Nyon venyan me kri. Le zhin s'inmôdan yon apré l'ôtre. De rèste seulè é m'achéte su on ban.

Sla gâra é ma teute le gâre. L'é on pyo ma sela de Pontsharrâ. Dué pâsse farâ. Bâtmin blan, pe le charvisse, sin fantazi. Âreu de sharbon, godron, femyére...

Teu pron kô on eume a képi, môde fou de la gâra. Ul argâde a drate, a gôshe, me vin kontre, on-na lètra dyin la man. Ul inléve son képi é bredôlye :

- Signore Giovanni Pouvier ?

- Voué !

U me bâlye la lètre é s'inmôde. De léje :

« Fô me pardonâ, mon brâve Dyan, de pouéche pâ vni te prindre, ni te rcheva. De t'é betâ 3000 lire dyin la lètra in ka de rakrô !

A demi somnolent, je le vois à peine sortir du compartiment et filer dans le couloir.

- Tiens, me dis-je confusément, il a le même sac que moi !

Brusquement, je me réveille :

- Mais, c'est mon sac qu'il a pris !

Je bondis sur mes pieds et me précipite. Deux autres voyageurs se lèvent alors, obstruant le passage.

- Pardon… Excusez-moi…

J'ai beau les bousculer, je mets trop longtemps à sortir et une fois dehors, je ne trouve plus mon voleur, ni mon sac tyrolien…

Il y a du monde. Je marche sur le quai. Les gens se ressemblent tous ! Où aller ? J'hésite, puis je remonte dans le train qui redémarre, en espérant que ma place soit toujours libre.

Je reviens dans mon compartiment. Plusieurs voyageurs ont disparu et ma musette aussi !...

Reggio di Calabre. Les quais sont remplis de monde. Les gens se bousculent. Je me fraie un passage jusqu'à l'entrée de la gare. J'attends. J'attends…

Personne ne vient me chercher. Les voyageurs s'en vont un à un. Je reste seul et m'assieds sur un banc.

Cette gare ressemble à toutes les gares. Elle ressemble à celle de Pontcharra. Deux voies ferrées. Bâtiments blancs, fonctionnels, sans fantaisie. Odeur de charbon, goudron, fumée...

Tout à coup, un préposé sort de la gare. Il regarde à droite, à gauche, s'approche de moi, une lettre à la main. Il ôte son képi et bredouille :

- Signore Giovanni Pouvier ?
- Oui !

Il me tend la lettre et s'en va. Je lis :

« Pardonne-moi mon cher Jean, impossible de venir, ni de t'accueillir. Je t'ai mis 3000 lires dans l'enveloppe, au cas où !...

Rintre bin shé ta. De si teu triste
Tantourlo-Pollidor, ke rèste ton ami.»

De si a matya amorti ! Ka-tou k'a bin pochu arvâ a mon
ami Polidor ?

De kevelye dyin l'invlopa. Pâ on belyè ! ... De l'argâde plu
pré : l'a étâ uvèrta é rekolâ... sin lou belyè ! !

Amoshe, dékonfi, infouryozi, d'akape le premyé trin pe
rteurnâ sé, é de rintre a Pontsharrâ in ouyan dézhè dyin ma téta
la Rnée ke se rbéke :

- De te l'ava bin de, k'éta on folârye !

Bon retour. Je suis désolé.

Tantourlo-Polidor qui reste ton ami. »

Je suis à moitié assommé ! Qu'est-il arrivé à mon ami Polidor ?

Je cherche dans l'enveloppe : pas un billet !... Je l'examine : elle a été décachetée et recollée !...

Déçu, déconfit, furieux, je prends le premier train de retour et rentre à Pontcharra en entendant déjà dans ma tête Renée s'exclamer :

- Je te l'avais bien dit que c'était un cinglé !

29) La méri

De m'étin sbalya. La Rnée s'é pâ poué okâ de ma dé-bina.

Apré kôke zheu, de rakape teu sin ke de fachéve avan : de kope le bouè, môde fosserâ ma venya, aguéte mez avelye... Mé i fé pâ pro.

Ma i fô ke de buzhisse ! I me fô teurzheu fâre kôkaryin ! E, sin k'é onko myu, kôkaryin de neuvyô !

E bin, vatya on neuvyô !

On é in 1958. Le sindi César Terrier, vin me var on vépre, shé ma é me shapitôle :

- Bon vépre Dyan. Te sâ k'é d'abo lez élèkshon dla méri. De vouélye pâ léché le poste a la Drata, adon d'i mô onko p'on dojéme teur ! Tou ke de pouéche kontâ su ta, pe vni dyin ma klika ?

De déje vouè, du kô.

On pyo trô vite fakya... Terrier me shanpe on kô de ju de koutyé.

- Te sâ, é pâ poué du rpou... Te vin de sarâ ta fabrika de bonbon, mé i vé t'akaparâ a pou pré ôtan !...

- De pinse ke lez inbyâre d'éyon pâ mankâ...

- Pâ lou fyon non plu ! Te vé in rcheva !

De me shanpe. Teuta la lista é passâ. De si rponsâble dla Komechon dlou travé.

- Dyin kinta galéra tou ke te vé onko ramâ ? Me dire Po-lidor, si ul éta itye. T'é pâ fo nè ! Gârda-chyourme é-tou pâ pro par ta ?

De l'intindye ma si ul éta a flan de ma !... Mé ka-tou k'u dévin poué, lui ? Pâ on-na lètra. Pâ on mo, ryin !... De mô lyi gre-fenyé kôkaryin, ma. On vèra poué !

29) La Mairie.

Je m'étais trompé. Renée ne se moqua pas de mes mésaventures.

Après quelques jours, je retrouve toutes mes activités, je coupe du bois, je pioche ma vigne, surveille nos ruches. Mais ce n'est pas suffisant !

- Moi, il faut que je bouge ! Il me faut toujours faire quelque chose ! Et de préférence, quelque chose de nouveau !

Eh bien, voilà du nouveau !

On est en 1958. Le maire César Terrier se présente chez moi un soir et me déclare :

- Bonsoir Jean. Tu sais que c'est bientôt les élections municipales. Je veux pas laisser la place à la Droite, alors je repars pour un deuxième mandat ! Est-ce que je peux compter sur toi pour être de notre équipe ?

J'accepte avec empressement.

Un peu trop facilement peut-être. Terrier me lance un regard inquisiteur.

- Tu sais, ce n'est pas de tout repos... Tu viens de fermer ta fabrique de bonbons, mais ça te prendra au moins autant...

- Je pense que les difficultés ne manqueront pas !

- Ni les critiques ! Tu vas en avoir !...

Je me lance. Toute la liste est élue. Je suis responsable de la commission des travaux.

- Dans quelle galère tu vas encore ramer ! Me dirait Polidor. T'es pas fou ! Garde-chiourmes, ça te suffit pas !

Je l'entends comme s'il était là !... Mais que devient-il, lui ? Pas une lettre. Pas un mot. Rien !... Je vais lui écrire, moi. On verra bien !

U konsa dla komona, le bataye kminchan du kô, mé on fé on bon travé : lou vyu kanô son rtapâ, lou vyu rézô d'éga avoué. De fache rabistokâ la klyôshe de Vlâ-Béné finduè p'on-na bâla dlouz Allemand pindin la guèra. On rabistôke avoué l'orolôzhe du vlazhe.

In 1964, onko on-n'élèkchon. Neuvyô sindi : Ménétray. On sindi de drate ! De si élu, mé dyin l'ôpôzichon é teurzheu a la keumchon dlou travé.

D'é grefenyè on-na lètra a mon Polidor. D'apoué chô zheu, pâ de rpon !... E kreyo ! Ryin dire, ma sin, é pâ dyin se fasson de fâre. De pinse a on moué de kontye barbe...

U sava ke d'avin on pistolè, on kalibre 22. U volyéve ke de l'aportisse. Parka ? Pâ pe la shassa. On môde pâ a la shasse avoué on pistolè !... Tou k'u se sintive in dinzhé ? Tou k'u s'éta shanpâ dyin de kô de koutyé, ma u sava fâre ?... Tou k'u se sare fé touâ ?... Vouè, fakya, ul é mo !

Sla konklujon me fin le keu in do. De si teu markorâ. D'âmere myu plu pinsâ a teu sin ke se brode dyin ma téta, mé i me revin teurzheu yô sin aréta !... Mémé la nué !... I me fé tapâ le keu.

A la méri, grinda bartalâ pe sôvâ le klyoshé de Vlâ-Béné. De si de slou ke vouélyan le sôvâ, bacheû :...

L'églyiza de Vlâ-Béné é plu bin d'aplon. Ya de grinde finte ke son din le moralye de la grinda nèf. On-na grinda finta bâre teu le devan é pindin le mèsse, petou ke de lingue de fouè, ma dyin la Pintakoute, lou paroshin rechavan de bokon de plâtre su la téta !

On-na keumchon d'èspè dékrète : l'églyiza pou pâ se ra-bistokâ. Le klyoshé, ke lyi é akolâ da être fotu bâ avoué.

- Pâ le klyoshé, ke de déje, ul é a pâ !

- E le méme bâtmin, te sâ, ma vo-te poué lou séparâ ?

- Nè, de ve déje k'ul é a pâ !

Bablézon. Kontre-èspèrtiza. Onko de bataye d'èspè, dez égruintâ d'arshitèke, dez égruintâ de mouratori. Poué la préfèk-teura i béte onko son nâ. Le gâte teute le chouze, dèspére to lou fakin.

Au conseil municipal, les bagarres commencent, mais on fait du bon boulot : restauration des vieilles canalisations, rénovation des réseaux d'eau, restauration de la cloche de Villard-Benoît fêlée par une balle allemande pendant la guerre. Réparation de l'horloge publique...

En 1964, nouvelles élections. Nouveau maire : Ménétray. Un maire de droite. Je suis élu, mais dans l'opposition et toujours à la commission des travaux.

J'ai écrit à Polidor. A ce jour, pas de réponse !... C'est curieux ! Ce silence, n'est pas dans ses habitudes. J'imagine des tas d'histoires extraordinairesi...

Il savait que j'avais un pistolet de calibre 22. Il voulait que je l'apporte. Pourquoi ? Pas pour la chasse. On ne chasse pas avec un pistolet !... Se sentait-il menacé ? S'est-il lancé dans des « bagarres » à sa façon ? S'est-il fait tuer ?... Oui, il est peut-être mort !

Cette évidence me peine du fond du cœur. Je suis très triste. Je préfère oublier les images qui se bousculent dans ma tête, mais elles reviennent sans cesse !... Même la nuit ! Elles me font battre le coeur.

A la mairie : grande bagarre pour sauver le clocher de Villard-Benoît Je suis de ceux qui veulent le sauver,...

L'église de Villard-Benoît est en mauvais état. Des fissures apparaissent dans les murs de la grande nef. Une lézarde balafre la façade et pendant les offices, en guise de langue de feu, comme à la Pentecôte, les paroissiens reçoivent des morceaux de plâtre sur la tête !

Une commission d'experts décrète : l'église est irréparable. Le clocher lui étant accolé, il faut tout démolir.

- Pas le clocher ! Dis-je, il est indépendant.

- C'est le même bâtiment, on peut pas les séparer !

- Non ! Je vous dis qu'il est indépendant !

Discutions. Contre-expertise. Encore des disputes d'experts, disputes d'architectes, disputes de maçons. La préfecture s'en mêle, envenime les choses, désespère les opposants.

D'émoushe on-an pétichon. Teuta la populachon me sotin. A la fin,ya ryin ke l'églyiza k'é fotu bâ. Le klyoshé é sôve !

Le konsa dla méri m'a nominâ : « Sounayon de klyôshe é Métre dlouz orlôzhe » !

Â, Â, on a bin rju é bin byu !

Polidor, p'on kô sare kontin. Saugemerle avoué, lui k'é vnu me félisitâ.

De si seurpra. Parka son-tu tan atashè a lo klyoshé ma d'aglyéton ? U bétan portan jamé lou pyé dyin on-n' églyiza !... Ma non plu !...

Mé le klyoshé é pâ l'églyiza. De l'é teurzheu shapitolâ : un son séparâ !

Dapoué k'ul é rabistokâ, de monte plujeu kô la sman-na yô u sonzhon du klyoshé. De mantenye l'orolozhe, tire yô lou pa, régle lez ore é le sounayeri. De gréche lou palyé, mé de béte ryin su le rué d'ingrenazhe de préssijon.

D'âme trô patafyolâ chô vyu klyoshé... é sounâ le klyôshe a teu le monde !   Kin de si ity-ameu dyin lou vyu trâ, ma on grou shavan de gârda nué, de si dyin on ôtre monde, on ôtre tin.

Pe dire vré, le tin konte plu. Teu a travè louz abat-son, d'èsplora teut la plan-na, la kmona, louz uteur. Si le sounaye de l'orolôzhe me fachévan pâ rvni bâ su tèra, de pore passâ la nué ity-ameu sin méme i var !

In 1978, onko on-n'élèkchon, neuvypo sindi. E Bish k'é poué élu pe la Gôshe é de si dyin sa klika, élu avoué lui. U sara élu onko pindin tra manda d'akô. E ma, avoué.lui.

Avoué n'inpourte kin sindi, de si teurzheu élu pe la populachon. Avoué on sindi de gôshe, teu môde byin, avoué on sindi de drate, de si élu avoué, mé dyin l'ôpôzichon. Avoué louz on ma avoué louz ôtre de si teurzheu kapô de la keumchon dlou travé !

On in a fé d'ouvra !

Dapoué l'élèkchon de Bish on a on-na médyatèke, on-n'ékoula de mozeka, on-na mézon pe lou zhuéne, on sintre sossyal. On a sôvâ l'anchin relé de poste k'é un mintin du vlazhe é on in a fé on sintre sossyal.

Je lance une pétition. Toute la population me soutient. Finalement seule l'église est détruite. Le clocher est sauvé !

Le conseil municipal me nomme : « Sonneur de cloches et Maître horloger » !

Ha, Ha, on a bien ri et bien bu !

Polidor, pour une fois, serait content. Saugemerle aussi. Lui, il m'a félicité.

Je suis surpris. Pourquoi sont-ils attachés à leur clocher comme des « aglétons »?... Ils ne mettent pourtant jamais les pieds à l'église ! ...Moi non plus !

Mais le clocher n'est pas l'église ! Je l'ai toujours dit : ils sont indépendants !

Depuis sa restauration, je monte plusieurs fois par semaine au haut du clocher. J'entretiens l'horloge, remonte les poids, règle les heures et les sonneries. Je graisse les paliers, mais ne touche pas les engrenages de précision.

J'adore m'occuper du vieux clocher... et sonner les cloches à tout le monde ! Quand je suis là-haut dans la vieille poutraison, comme un hibou veilleur de nuit, je suis dans un autre univers, un autre temps.

A vrai dire, le temps ne compte plus. A travers les abat-son, j'explore du regard toute la plaine, la commune, les environs. Si le tintement des cloches ne me ramenait à la réalité, je pourrais passer la nuit là-haut, sans m'en apercevoir.

En 1978, nouvelles élections, nouveau maire. C'est Bish qui est élu de la Gauche et je suis dans sa liste, élu avec lui. Il sera réélu pendant trois mandats successifs. Moi aussi.

Quels que soient les maires, je suis toujours élu par la population. Avec un maire de gauche,tout va bien, avec un maire de droite, je suis élu aussi, mais dans l'opposition. Avec les uns comme avec les autres, je suis toujours responsable de la commission des travaux !

On en fait du boulot !

Depuis l'élection de Bish, on a une médiathèque, une école de musique, une maison de jeunes, un centre social. On sauve l'ancien relais de poste qui est au centre de la ville et on le transforme en centre social.

A la fin du manda, in oneu de to lou sarviche rindu a la kmone, le sindi me dékore de la brelôke de vermeil dla Ré-zhyon.. On an avan, d'é ayo la brelôka du travé; pe mé de ka-rinte an u turbin !... E poué orè... Plu de Landry... Plu de Polidor... E mon Saugemerle, mo in vyazhe pe le plézi in Corsica !...

Komédia, Komédia, é teu dla Komédia !...
E pe ma, de mô lé a l'ôptô, p'on-na badyan-nri ! Mé a mon azhe, de sé k'é pâ bon du teu.
Adon louz ami, arvi !
Voui zheu apré k'ul é modâ lé a l'ôtptô, Dyan-Séban Bou-vier, é mo a l'ôptô de Shanbri, le 14 de juin 2003.
Ul ava 94 an.

Shanvi

A la fin du mandat et en l'honneur des services rendus à la commune, le maire me décore de la médaille de vermeil régionale !... L'année d'avant, j'ai reçu la médaille du travail. Plus de quarante ans au turbin !... Et puis maintenant... Plus de Landry, plus de Polidor... Et mon Saugemerle, mort en voyage d'agrément en Corse !...

Comédie, Comédie, tout est Comédie !..

Quant à moi, je rentre à l'hôpital pour trois fois rien. Mais à mon âge, je sais que ce n'est pas bon signe.

Allez, salut les amis !

Huit jours après son hospitalisation, Jean-Sébastien Bouvier, mourut à l'hôpital de Chambéry, le 14 juin 2003. Il était âgé de 94 ans.

Fin